Para mi amiga
Silvia Barahona
con mucho cariño
Avril Faure
♡
11/23/2023

# La Chica Frente al Lago

Avril Faure

# La Chica Frente al *Lago*

Avril Faure

La chica frente al lago.

Diseño de Portada: Megan Herzart
Diagramación: Daniel B.
Corrección: Maryam Méndez Vázquez - Daniel B.

ISBN: 979-8-9874458-0-8

Primera Edición

# Dedicatoria

*Este libro se lo dedico a Dios, primeramente.*

*Luego, a mi padre Fabio Ortiz Barrera y a mi madre Soledad Pineda de Ortiz, por todo lo que me inculcaron, en especial por el hábito de la lectura.*

*A mi madre, por el ánimo y el empuje que me dio desde que estaba en vida para hacer una de las cosas que más disfruto: escribir. A pesar de que ninguno de mis padres pudo ver el fruto de este esfuerzo, sé que desde donde están, son felices por mí.*

*A mi hermano, Edgar Ortiz que me ha apoyado en todo momento, de muchas maneras.*

*Igualmente, a mi tío Marcial Barrera. Quien junto con mi hermano son mis dos pilares hoy en día.*

*La vida es tan efímera, que es pecado no vivirla solos o en compañía, pero, no cualquier compañía. La vida es tan corta, que es pecado compartirla con cualquiera que no te valora a su lado.*

*No hay que tenerle miedo a la soledad, porque solo estando en ella descubrirás quién eres, y de lo que eres capaz.*

Avril Faure

# Índice

# Prólogo

—Al fin me llamas, Lía. ¡Por Dios! ¿Sabes cuánto tiempo hemos estado esperando tu llamada? Paola no ha dejado de llamarme, no contestabas tu teléfono. ¿Qué ha sucedido? ¿Fuiste a la editorial? ¿Publicarán tu libro? —La voz de Isa era una mezcla de emociones y mucha expectación.

Lía tenía mucha suerte de contar con grandes amigas. Le contaba con pasión a Isa que aún no podía creer que una editorial tan importante como la Editorial Alfa y Beta, adquiriera los derechos de sus seis libros ya publicados con anterioridad y del nuevo que estaba por terminar.

En Estados Unidos ya se había hecho un nombre, la mayoría de las personas la conocían como Alice Walker. De hecho, el apellido paterno Caruso ya no lo usaba, la llamaban Alice y siempre firmaba con el Walker, su apellido materno.

Era reconocida en Europa, en especial en el Reino Unido y Alemania. Había hecho una gira por varias ciudades de ambos países antes de establecerse nuevamente en New York, su nombre había logrado hacerse un hueco en dichos lugares.

Por todo ello tenía muchas expectativas para su nuevo libro, estaba eufórica y en un tono bastante alegre y cantarín le había confirmado a Isa que tenía nueva casa editorial. Los gritos y vítores se escuchaban al otro lado del teléfono.

—Entonces tenemos que celebrarlo. Ya sé que hoy prometí llevarte a un lugar exclusivo con Paola, pero creo que lo mejor será que nos veamos antes para empezar la fiesta.

—Espera Isa, estoy deseando meterme en la bañera, he estado de los nervios y pensaba relajarme un poco.

—¿Relajarte? ¡Estás de broma! Ya tendrás tiempo para eso, ahora es cuando no dormirás porque tienes que salir y celebrar con tus amigas obligatoriamente, —gritó Isa emocionada—. Una pregunta, ¿te dieron fecha de entrega?

—No me lo recuerdes. Sí, tengo fecha y está bastante cerca ya. —se quejó Lía.

—No se preocupe señorita, deje todo en las manos de sus queridas amigas. Hoy encontrarás a esa musa o muso perdido o como se llame que te devolverá la inspiración y te quitará ese pequeño bloqueo que tienes. Es cosa de un empujoncito para que todo te fluya nuevamente ya verás. Creemos en ti y sabemos de tu potencial. —Añadió Isa con voz esperanzada.

Lía pensó en cómo desearía tener la misma fe y confianza que sus amigas depositaban en ella en ese momento.

Ya llevaba varios días en los que no podía escribir ni una sola palabra en su manuscrito. Estaba bloqueada, cada vez que quería ponerle rostro al Señor V., no podía. La voz de su amiga la trajo de vuelta a la realidad.

—Recuerda que hoy te queremos toda una devoradora de hombres, ¡con esa actitud!, porque hoy será tu noche. Nos vemos a las siete en el lugar de siempre. ¡Besos! —Se escuchó un gritito al otro lado del teléfono.

Lía, se apresuró a tomar una ducha con una sonrisa en sus labios

—¿Qué haría sin esas amigas locas? —pensó, seguramente planeaban llevarla a bailar, quizás a algún lugar nuevo de moda donde se pasaba a lo loco...

A pesar de no ser de sus lugares favoritos era incapaz de negarles nada. ¡Todo sea por recuperar al muso que se fue de paseo y no quiere volver!

Disfrutar de la noche y a lo mejor de unas copas de más tal vez ayuden a relajarse y finalmente terminar su preciado manuscrito.

New York es la ciudad donde nadie duerme, el ruido, sus luces y la multitud son el vivir diario de esa gran ciudad, tráfico, ambulancias, policía, taxis, bomberos… y finalmente, Lía llegó a su destino gracias al conductor del taxi y su pericia en la carretera.

Entró rápidamente al restaurante de Tony, que la saludó con una cálida sonrisa y un brillo de admiración en sus ojos, la conocía desde pequeña. El viejo Tony, como todos lo llamaban, regentaba uno de los Restaurantes italianos más legendarios de Manhattan:

**«THE LITTLE TUSCANY».**

Cada vez que veía a Lía, recordaba a aquella chica tímida que solía esconderse detrás de los libros. El patito feo que se convirtió en cisne.

El y la familia de Lía se conocieron en Italia, todos emigraron en la misma época con muchos sueños y deseos de mejorar, ahora las familias gozaban de fortuna y tenían un nombre en la sociedad neoyorquina.

Tony no tenía necesidad de trabajar, sus hijos se encargaban de todos sus negocios, pero el disfrutaba y llevaba su pequeño restaurante. A pesar de haberse retirado, ese negocio era parte de su vida y desde su viudez no había querido casarse nuevamente, solo trabajar allí y estar con sus amigos y clientes fieles.

—Saluda a tu madre y a tu hermana de mi parte, espero verlas pronto. Un día de estos, me paso por sus viñedos. Ya extraño nuestra querida Toscana.

—Claro que sí, les encantará verte, yo las saludo por ti —le sonrió con cariño Lía.

—Ven, pasa, no te entretengo más. Tus amigas estarán desesperadas ya porque no llegas, anda princesa, te esperan en la mesa de siempre —Tony la empujó con una suave palmada en la espalda, mientras ella se adelantaba hasta la terraza del restaurante.

—¡Ya vino por quien lloraban! Llegó Lía gritando con los brazos extendidos hacia arriba. ¡Aquí estoy! No me maten, pero el tráfico estaba terrible.

Sus amigas la observaban, siempre se sorprendían de la manera tan natural en que Lía se comportaba sin notar o percatarse de las miradas de admiración que despertaba a su paso.

Según contaba la propia Lía, no siempre fue la mujer segura y guapa que era ahora: tenía un cuerpo voluptuoso y muy bien proporcionado, una piel bronceada que parecía como si viviera en la playa y no en los rascacielos de New York, un par de ojos de color verde, grandes y expresivos, acompañados de unas pestañas largas y naturales, una melena larga y espesa con rizos de un color castaño claro, solo que esa noche su cabello lo llevaba lacio y le llegaba hasta su cintura.

Los rasgos eran herencia de su madre, una mujer que en otra época participo en certámenes de belleza, hasta que conoció al amor de su vida y se casó con Leonardo Caruso y fruto de ese amor nacieron Lía y Dafne su hermana mayor, casada y con tres hijos.

Su amiga Paola la abrazó efusivamente y la felicitó, luego lo hizo su amiga Isa y las tres se envolvieron en un mismo abrazo mientras gritaban y saltaban como unas chiquillas en ese pequeño rincón de la terraza. La alegría era contagiosa y la gente a su alrededor también sonreía.

—Cuéntanos, —le dijo Paola interrumpiendo el abrazo—. ¿Como sucedió lo de la editorial? ¿Qué te dijeron?

Lía comenzó a contarles todos los detalles de su visita y

entrevista tras pedir una bebida y su pasta favorita.

La amistad de las tres se inició en la Universidad. Desde que se conocieron y estudiaron la carrera de Publicidad juntas se hicieron inseparables. Solamente Paola se había distanciado un poco cuando se casó, pero había estado casada por muy poco tiempo.

Montaron una empresa donde las tres eran propietarias, la única diferencia radicaba en que Lía no se dedicaba a la publicidad a tiempo completo.

Siempre escribió ensayos y pequeñas historias, hasta que decidió dar el paso y publicó su primer libro, de eso habían pasado ya algunos años. Hoy en día contaba con seis libros publicados, todos del mismo género supenso y novela negra. Sin embargo, esta vez se arriesgaría con algo diferente: estaba apostando al género erótico, algo que la fascinaba y la tenía aterrorizada a la vez.

—Lía, hay algo importante que queremos contarte. No lo mencionamos antes porque estabas nerviosa con lo de la editorial —la interrumpe Isa—, pero nosotras también tenemos una noticia increíble. Nos llamaron para hacer la campaña publicitaria de varias marcas muy importantes, el socio mayoritario es un hombre millonario, guapísimo y sol-te-ro —éstas últimas palabras las dijo despacio y deletreando sílaba por sílaba—. Seguramente no lo conoces, ha vivido la mayor parte de su vida en Europa, pero nos contactó; al parecer alguien cercano a él nos recomendó. No sé quién, no lo mencionó, probablemente algún antiguo cliente, lo importante es que estaremos muy ocupadas y necesitaremos de tu ayuda de vez en cuando.

—No se preocupen, cuentan conmigo ya lo saben. Es verdad que tengo fecha para entregar el manuscrito, pero no pienso dejarlas completamente solas, si me necesitan para alguna reunión u opinión yo siempre tendré tiempo. ¡Se los prometo!

—¡Mil gracias! —Contestó feliz Isa—. Sabía que podíamos contar contigo. ¿Cuál fue el nombre que nos dijo? —le preguntó Isa a Paola—, ¿algo como Máximo verdad?

—No, no era Máximo, —añadió Paola—. Era Massimo Visconti, ¡cómo olvidarlo con ese leve acento extranjero! Lo que sí les puedo asegurar chicas es que tiene una voz de infarto. Lo busqué por internet, ¡por Dios, es un adonis! Está en la revista Forja entre los hombres más ricos y lo encontré en muchas otras más, donde lo nombran el hombre soltero del año, también sale en muchas revistas de farándula en Europa, es famoso por salir sólo con actrices o mujeres famosas.

Paola continuaba su monólogo, mientras Lía palidecía poco a poco. Había dejado de escuchar desde que su amiga había mencionado a Massimo, su amor de infancia y quizás el único que había logrado dejar una huella en su corazón.

Trataba de olvidar esa época de su vida. Sin embargo, también había soñado muchas veces con verlo de nuevo. Se preguntaba, ¿qué pasaría si la viera ahora de adulta?, ¿la reconocería?

La voz de Isa interrumpió sus pensamientos y le preguntó si estaba lista para saber a dónde irían. Después de lo que había escuchado se sentía un poco inquieta, sabía que tarde o temprano se encontraría con él, ambos estaban en la misma ciudad, se movían por los mismos lugares y por si fuera poco, estaba más cerca que nunca.

Afortunadamente estaría menos tiempo en la oficina, tenía fecha para entregar el manuscrito. Cuanto menos pasara por allí menos oportunidades tendría de encontrárselo, pensó.

—Lía, te está hablando Isa. ¿Ocurre algo que no nos hayas dicho? —Le preguntó Paola, con voz preocupada.

Ella hizo un gesto de negación con la cabeza

—Lo siento es que estaba distraída, pero me alegra la gran noticia, claro.

—Bueno pues ahora prepárate —le dice eufórica Isa—, te llevaré a un lugar único, donde se entra solamente con invitación.

—¡Anda ya! Dile a donde vamos, —refunfuñó Paola.

Isa sonríe con picardía.

—Te cuento: Hoy abren un lugar muy exclusivo en su género, como te dije antes solamente se llega con invitación, yo he asistido antes y por ser clienta…

—¡Ya Isa! Si no se lo dices tú, se lo digo yo, —la interrumpe Paola.

—No, yo se lo digo, a ver cómo te lo explicamos... pues bien, mira ….

—¡Por Dios! ¡Ya me están preocupando! ¿Dónde tienen pensado llevarme? Por sus caras, ¡parece como si me llevaran a una orgía! —exclama en forma jocosa Lía.

Después de decir eso, sus dos amigas la miraron con cara de culpabilidad, Lía supo que algo de cierto había en sus palabras, lo pudo ver en los ojos de ambas.

—¿En serio vamos a una orgía? —Pregunta un tanto sobresaltada. No era ninguna remilgada, de hecho, su libro tenía mucho erotismo, pero una cosa era leer sobre el tema y otra era verlo en persona.

—Míralo de esta manera —se adelantó rápidamente Isa—, te tienes que quitar tu bloqueo mental, hazlo desde el punto de vista educativo. Además, es tu culpa, si tuvieras sexo con frecuencia seguro fluirían más tus ideas.

Lía calló, y se quedó meditando sus palabras por un momento. Nunca había estado en un lugar de esos a pesar de que en su libro hablaba de intercambio de parejas y de sexo.

Pero tenía que reconocer, que Isa llevaba mucha razón en su argumento. Su vida carecía de sexo y en esos momentos estaba bloqueada, precisamente en esas escenas.

Todo lo que ella solía escribir era basado en investigaciones que hacía por internet, por leer a unos cuantos escritores famosos y no tan famosos, en el arte erótico. Recordó su libro y la fecha de entrega y finalmente tomó una decisión.

—Bueno chicas, que salga lo que sea. Pero, no sé si lo que llevo debajo de mi abrigo es lo correcto.

—No te preocupes —le respondió Isa—, todo lo que tu usas es hermoso y fino. Estamos seguras que estarás a la altura.

Bajo su vestido de seda de color negro, adherido a su piel como un guante, por arriba de la rodilla y con una abertura lo suficientemente extensa como para mostrar una gran parte de su pierna, llevaba un corpiño de color burdeos con muchos encajes y una hilera de botones al frente, a juego con unos stilettos altísimos del mismo tono.

Las bragas diminutas, de color negro y burdeos llevaban el liguero a juego y las medias de seda casi transparente.

Esa noche se había esmerado en su atuendo, pensando que irían a algún lugar nocturno a bailar después de la cena. Se despidieron de Tony y se dirigieron juntas al lugar.

Se embarcaron en la parte trasera de un taxi, y se sumergieron en el tráfico de la noche. Lía cerró sus ojos por un momento, su mente la llevó a esa época cuando tenía apenas trece años.

# Capítulo 1

Dieciseis años atrás

—¿Dónde se ha metido Lía?

—Déjala, —le contestó Sofía la madre de Lía—, seguro que está jugando en los jardines, he visto que andan algunos chicos de su misma edad en la fiesta.

Su padre observaba los alrededores un poco preocupado por su princesa, sabía que no era tan sociable como su hermana Dafne. De hecho, ambas eran como el agua y el aceite, mientras Dafne era popular y muy guapa, su pequeña era más bien tímida y no tan popular, tenía un cabello hermoso y solía recogérselo siempre en una coleta.

Su hermana mayor tenía diecisiete años y muchos pretendientes en la puerta, le gustaba mucho practicar deportes y tenía una silueta que quienes la conocían siempre la comparaban con la belleza de su madre. Mientras que, de Lía se limitaban a decir que a lo mejor al crecer, cambiaba un poco su aspecto.

Era un tanto regordeta, y si no hubiese sido por sus pecas y el acné que empezaba a asomarse en su bello rostro, hubiese tenido un cutis perfecto, sus mejillas arreboladas le daban frescura e inocencia a su aspecto. Sin embargo, ella no se sentía guapa a pesar de que para los ojos de su padre era el ser más puro y hermoso que la vida le había dado. La niña de sus ojos, como solía decirle.

Mientras en los majestuosos jardines de la casa palaciega se encontraba Lía admirando la belleza y toda la naturaleza que la rodeaba, dentro de la casa celebraban un compromiso.

Dos familias italianas muy importantes se unían. La casa era de la familia del novio, a pesar de ser un grupo muy selecto, parecía como si hubiese cientos de personas, todos hablaban al mismo tiempo o se escuchaba como si lo hiciesen. Los italianos suelen hablar fuerte y con tanto vino y comida era toda una experiencia.

Lía, había encontrado refugio en los impresionantes jardines. A medida que caminaba se encontraba con parajes hermosos. El atardecer estaba por caer, decidió acercarse y oler unas flores que llamaron su atención, mientras cerraba sus ojos e inspiraba el aroma; el ruido había quedado atrás, lo único que se escuchaba era a algunos pajaritos que todavía pululaban alrededor.

Se sentó cerca de un viejo roble, antes de darse cuenta de que muy cerca de ella estaba un hermoso lago con aguas cristalinas, oculto entre los matorrales, lo contempló anonadada ante tanta belleza y se alegró mucho de estar en ese lugar.

Llevaba recogida su melena en una coleta, pero se le enganchó en algo y no tuvo más remedio que soltarla y dejar su cabellera libre. Parecía como si danzara al mismo tiempo que la brisa que llegaba a refrescar la tarde, cerró sus ojos y supo que se había enamorado de ese sitio.

El tiempo se fue volando, ni cuenta se dio de que ya era muy tarde, se levantó y pensó en volver a la casa, pero, no muy lejos de allí se escuchaban unos sollozos. Al principio, pensó que sería su imaginación, pero poco a poco se fue acercando movida por la curiosidad.

Para su sorpresa, era la novia. La chica lloraba y le pedía a alguien que no la dejara, que huyeran, que con la fortuna de él podían vivir en cualquier parte incluso si la desheredaban.

Las familias italianas tenían en gran honor la palabra dada, especialmente los apellidos antiguos e ilustres.

Un relámpago iluminó los cielos, distrayendo a Lía por un momento, la neblina empezaba a caer como un manto sobre ellos, dándole paso al anochecer y comenzó a lloviznar, lo que le recordó que tenía que volver, fuera lo que fuese no quería estar ahí y ser descubierta.

Era obvio, por la discusión, que no era con el novio con el que estaba. Aunque, apenas había visto una sombra entre los arbustos sin lograr visualizar a la persona y el motivo de los sollozos de esa pobre chica.

Estaba a punto de emprender su huida para evitar que la vieran, pero todo cambió cuando escuchó una voz muy grave y fuerte, lo bastante hechizante como para hacer que se quedara en su lugar muy quieta.

Un suspiro inaudible salió de su garganta, por primera vez en su vida se sintió descolocada sólo por escuchar a alguien.

«Vaya voz!», pensó, era varonil con un leve acento italiano, más de alguna vez escuchó a su hermana hablar de lo *sexy* y varoniles que eran algunas voces, ella se reía de esas tonterías, siempre le parecieron una exageración de su hermana, hasta ese momento.

Movida por la curiosidad apartó una rama y se puso a husmear. Tenía miedo de ser descubierta, pero la curiosidad fue más fuerte, necesitaba saber a quién pertenecía esa voz.

El hombre ya había salido de donde estaba oculto, Martina la novia, le intentaba quitar la camisa con ansiedad y desesperación. Él se encontraba de espaldas a Lía, vio un cuerpo atlético y alto, un cabello oscuro, denso y muy bien cortado, una espalda ancha y más abajo unos pantalones que marcaban un bonito trasero.

—¡Vaya! —Se sorprendió a sí misma. Lía hasta ese momento nunca se había fijado en el trasero de nadie... Apenas unos meses atrás, había cumplido sus trece años, un año después de su primer período, ¿sería qué de ahora en adelante iba a fijarse en los traseros de todos los hombres?— ¡Malditas hormonas! —Balbuceaba para sí misma. Ya había leído sobre eso antes.

El hombre giró su rostro hacia donde ella estaba oculta; Lía se había tropezado con una rama seca que había caído de un árbol y a pesar de no hacer un ruido fuerte, al parecer él sí había oído algo.

Pero ella ya no ponía atención a nada, lo miraba embelesada, era el hombre más guapo que había visto en su vida. Su rostro parecía esculpido en granito, con unos ojos azules increíbles, era la perfección hecha hombre, sus hombros y unos músculos que marcaban su abdomen. Un gran tatuaje que se perdía bajo la cremallera de sus pantalones, lo hacían peligroso y endiabladamente *sexy* o al menos ella, a su edad, lo veía de esa manera.

Por suerte, no la había visto y continuó discutiendo con Martina.

—Massimo, por favor. Te amo.

—Se llama, Massimo —repetía Lía para sus adentros, hasta su nombre era imponente y fascinante y bien italiano.

Con un tono bastante fuerte y firme, él hizo hincapié y le reiteró a Martina que no estaba interesado en casarse o irse a ningún lado, la palabra casamiento no entraba en sus planes le insistía, mientras se colocaba su camisa nuevamente.

—Lo pasamos bien un tiempo, pero ya se acabó. Vete y que seas feliz.

De pronto se escucharon unos pasos en dirección a ellos que se acercaban, y como ya estaban bastante cerca, Lía decidió intervenir e inmediatamente salió de donde estaba oculta avisándoles de que alguien se acercaba. Massimo y Martina se separaron bruscamente, Lía miró a Martina y le pidió que se fuera. Martina bastante aturdida se fue corriendo del lugar y segundos después se presentaron el padre de Lía y el padre de Massimo.

—¿Qué está sucediendo aquí? —Preguntaron los padres de ellos al mismo tiempo. Massimo miraba a Lía con cara de bicho raro, mientras ella observaba a su padre y al Señor Visconti.

Lía empezó a contarles que había salido a tomar aire y conocer el jardín, pero que poco a poco se había ido adentrando al que parecía ser un bosque por su dimensión y fue así como se perdió, sintió mucho miedo y al gritar fue Massimo quien apareció a ayudarla.

Su padre la miraba con una cara bastante escéptica, conocía demasiado a Lía como para saber que esa no era su hija, tal vez Dafne llorara y gritara por miedo en ese lugar que parecía un bosque encantado, pero su pequeña Lía le podría dar clases de supervivencia hasta al mismísimo Tarzán. Ella adoraba la naturaleza, los árboles, y no dudaba en subirse a ellos. Algo sucedía, pero sospechaba que Lía se lo contaría más tarde.

Guardaron silencio mientras el padre de Massimo los observaba a los dos, al final aceptó la explicación y todos regresaron a la fiesta. Massimo y ella caminaron juntos en silencio justo detrás de sus padres.

Por un momento, Lía estuvo a punto de tropezar, y él la tomó de la mano con fuerza. De más está decir que no quiso lavarse su mano en varios días.

# Capítulo 2

Lía tenía un solo amigo en la escuela, un chico con gafas. En ese entonces todavía no había crecido mucho, era de baja estatura, solían leer juntos y disfrutaban de casi las mismas cosas. Era el típico chico listo de la clase, Tyler era su mejor amigo y gracias a él pudo enterarse de muchas cosas acerca de su «dios romano».

Massimo pronto cumpliría dieciocho años y estaba a punto de terminar sus estudios, averiguó todo lo que pudo sobre él. Supo que era el típico rebelde sin causa, casi no acudía a clase y se iba a graduar gracias a las donaciones que su padre aportaba al colegio y a sus influencias.

Sabía que Massimo fumaba, bebía y era el chico malo de la escuela, también era el más popular. Desgraciadamente, no era la única que se había fijado en él, la mayoría de sus compañeras, así como chicas mayores y experimentadas se disputaban su atención.

Lo más raro de todo, es que nunca lo hubiese visto antes, a pesar de estudiar todos en la misma escuela.

Su hermana era compañera de Massimo, Lía tuvo que hacer cosas que nunca había hecho como, por ejemplo, asistir a fiestas o actividades junto a ella.

Todos en su casa se quedaron con la boca abierta al escuchar a Lía decir que: «deseaba socializar y que, ¡qué mejor que ir con su hermanita del alma, Dafne!» Tyler se sorprendió mucho también, especialmente por la relación ambivalente que tenían ambas.

Obtuvo información por su hermana, pero también ella le advirtió que eran muchas las chicas que terminaban con el corazón roto, incluso hasta se corrió el rumor de un amorío con una de sus maestras.

Asistió a algunas actividades de la escuela junto a su hermana, con la esperanza de verlo, pero no tuvo éxito. Él no había asistido.

Trató de indagar cuáles eran sus gustos. Se dio cuenta de que, le gustaban las carreras de autos y motos, allí estaba Lía pidiéndole por favor a su hermana que la llevara.

Dafne por supuesto que iba, como la mayoría de sus amigas, pero a escondidas, pues eran apuestas clandestinas y ella aprovechaba para ir a verse con su novio.

Su hermana estaba contenta, al fin tenía a alguien de aliado y podía estar con su novio más tiempo. Ahora podía llegar más tarde de lo habitual, total estaba con su hermanita menor.

La carrera de motos, estaba por comenzar. Lía se quedó sola, su hermana estaba animando a su novio que también participaba en las carreras, buscó por todas partes y finalmente tuvo suerte, lo vio y su ánimo cambió por completo.

Su corazón saltó de la emoción, estaba guapísimo, tal y como lo recordaba. Más guapo aún si se podía, vestido todo de negro y la ropa ajustada a su cuerpo.

Había visto como una chica rubia y muy atractiva se había acercado a él y lo besaba como si fuese a tragárselo.

—¡Qué lagarta! —exclamó Lía, haciendo un gesto de desagrado.

La realidad es que si hubiese visto ese beso antes de conocer a Massimo, le hubiera dado hasta asco, pero desde que lo conocía su perspectiva acerca de los besos había cambiado por completo. Era una lástima que él no supiera que ella existía.

—¡Un día te enamorarás de mí, lo juro, como que me

llamo Lía! —Se había repetido a sí misma.

Ese día había gritado como loca a todo pulmón, hasta quedar afónica, hubo incluso un momento en que solo su voz se escuchó llamando a Massimo y lo más insólito es que el la oyó, pero simplemente pensó que era alguna de sus seguidoras.

## LA FIESTA

Definitivamente no era la típica fiesta a la que solía asistir con sus padres, había tanta neblina de humo de cigarro sin contar todo el alcohol que corría por ese lugar, que parecía que estabas en algún bacanal.

Era una casa enorme, que contaba también con una hermosa piscina a pesar que en esos momentos media escuela estaba dentro.

Lía por primera vez se había maquillado, su hermana incluso le había prestado un vestido que a ella le quedaba pequeño, pero que a Lía le quedaba muy bien. Era corto y el maquillaje la hacía lucir un poco mayor o, al menos eso quería pensar, rezaba por aparentar quince años por lo menos.

Su hermana, le había dicho que podía ir a donde quisiera pero que a la medianoche tenían que regresar a casa y la esperaba en el estacionamiento, donde habían dejado el auto.

Todavía no había visto a Massimo, y ya estaba arrepintiéndose de haber ido cuando escuchó a un grupo de personas riendo y gritando al mismo tiempo, era un grupo grande que se había aglomerado en un improvisado bar. Allí estaba Massimo, haciendo competencia de chupitos, todos gritaban animados mientras aplaudían. Algunas chicas se ofrecían para ponerse la sal y el limón en sus cuerpos vestidas con sus diminutos trajes de baño.

Era la primera vez que Lía veía todo eso, también la primera vez que bebía y, a decir verdad, el ponche estaba riquísimo y aparentemente era inofensivo, pero la realidad es que a Lía la hacía sentirse diferente, más desinhibida. Se sentía guapa, había comido poco por los nervios y no tenía ni idea de porqué unos cuantos vasitos la habían relajado tanto.

Bailó con alguien que la invitó, pero desde que vio a Massimo lo siguió a todas partes con la mirada, bueno para ser justos lo siguió literalmente a todos lados, tenía que admitirlo, ya con varios ponches encima se sentía más valiente y segura.

En una de esas lo perdió de vista, se alejó un poco de la piscina y la muchedumbre, ella recordaba haberlo visto por allí.

—¿Dónde se habrá metido?, —se preguntó Lía.

Estaba alejándose de la gente y cada vez se veía muy oscuro, aunque todavía se escuchaba el bullicio a sus espaldas cuando...

—¿Me estás buscando? —Le pregunta una voz grave que reconoció de inmediato.

¡Lía dio un salto del susto!

La penumbra de la noche y la sombra de un árbol habían hecho casi imposible verle el rostro, sin embargo, no era difícil saber de quién se trataba.

Un hilo de humo salía de su cigarrillo para luego arrojarlo al suelo y aplastarlo con la suela de su zapato, pudo ver la sombra y una silueta, el estómago de Lía se contraía con cada movimiento.

—Aún estoy esperando tu respuesta —le dijo Massimo en forma de burla.

Él ya se había acercado de forma sigilosa hacia ella rozándola con un brazo. Lía era un manojo de nervios y un sonido ahogado salió de su boca. Quiso decir algo, pero solo logró balbucear.

—¿Te asusté? —Le susurró al oído, y con una risa sarcástica añadió—. No lo creo, me estás buscando desde que llegaste a la fiesta y no has dejado de perseguirme. ¿Sabes? Hoy es tu oportunidad, estoy de buen humor y a lo mejor, hasta podría complacerte. Dime que buscas. ¿O quieres que yo lo adivine?

Lía no sabía si coqueteaba o se burlaba de ella, pero lo que sí era seguro es que la estaba provocando a propósito.

El bajó su cabeza para llegar a la altura de la de Lía, luego acercó su rostro al de ella y la miró de pies a cabeza con una sonrisa en sus labios.

Ella negó con su cabeza.

—No te estaba buscando balbuceó torpemente —nunca le había gustado el olor a tabaco, pero en ese momento se le hacía demasiado masculino y hasta le agradaba. Él estaba tan cerca de ella, que ni aún en sus más absurdos sueños se lo hubiera imaginado.

—Así que me sigues por todas partes y cuando al fin tienes la oportunidad de decirme lo que buscas, te quedas callada —concluyó Massimo ante el silencio de Lía.

Ella temía hasta respirar, sentía ya su aliento cerca, tomó todo el valor que necesitaba y lo enfrentó:

—Te sigo porque estoy cuidando a mi hermana y quiero asegurarme de que tú no te le acercas.

Esta vez, la carcajada seguramente se había escuchado hasta dentro de la casa, Massimo no paraba de reírse.

Lía se sentía cada vez más pequeñita, no sabía cómo se había metido en semejante embrollo, no tenía valor ni para mirarlo a los ojos.

—¿No será que me estás siguiendo porque te gusto? —Le preguntó mirándola directamente a los ojos mientras con uno de sus dedos le levantaba la barbilla.

Lía negaba con vehemencia mientras movía su cabeza de un lado a otro, hasta su voz la traicionó, se había ido de paseo en esos momentos.

Massimo encontraba graciosa toda la situación mientras ella miraba su boca con deseo y sin darse cuenta relamía sus labios.

—Es tan ingenua, —pensó Massimo—. ¿Qué edad tendrá? ¿Trece o catorce años? Es una niña todavía.

Lía tuvo la loca idea de besarlo al sentirlo tan cerca y mientras se remojaba sus labios se dio cuenta de que los ponches que se había tomado antes la hacían sentir un poco borrachita.

—¿Qué edad tienes chiquilla?, —le había preguntado Massimo.

Ella titubeó al principio pues no se esperaba esa pregunta, pero rápidamente contestó:

—Quince años.

El la miró con un poco de duda, por un breve momento le tomó el rostro con ambas manos. Cuando Lía cerró los ojos, frunció sus labios listos para recibir su primer y tan anhelado beso, Massimo sonriendo, le dio un beso en la frente. Cuando Lía abrió sus ojos al no sentir los labios de su amado sobre los suyos, Massimo ya se había ido, dejándola todavía más confundida.

Asistió a diferentes actividades siempre en compañía de su hermana, se conformaba con verlo, aunque fuese de lejos y algunas veces estaba tan cerca, pero para él era como si ella no existiera. Nunca estaba solo, siempre había alguna chica de su edad o mayor a su lado, ella distaba mucho de parecerse a ellas así que optaba por lo más fácil, pasar desapercibida.

Un día, su hermana le dijo que Massimo jamás se fijaría en ella, no era su tipo.

—Mírame a mí, yo hice de todo para llamar su atención. Soy delgada, la guapa de la familia, pero aun así ni me hizo caso, él se lo pierde —había añadido con un gesto de desdén—. Hermanita, fíjate mejor en Tyler, él es más parecido a ti, lo tienes a tu alcance, está siempre contigo. Además, tienen los mismos gustos y estoy segura de que está enamorado de ti, sólo tienes que darle una oportunidad y olvidarte de una vez por todas de Massimo.

Pero Lía, no se daba por vencida, solía ver sus fotos en Myroom siempre con amigas y amigos. Desde que su madre había fallecido de cáncer, su padre se había abandonado prácticamente al alcohol olvidándose de que tenía dos hijos. Aparentaba hostilidad, pero cada vez que Lía miraba en sus ojos veía a un chico solo y triste. Muchas veces se había preguntado si alguien más lo notaba o era ella que se lo imaginaba.

En la escuela, había escuchado como unos chicos hablaban mal de Massimo, Lía había salido en su defensa, acusándolos de ser unos envidiosos que no le llegaban ni a los pies a él. Lo más revelador, fue cuando los tres chicos se habían quedado callados y hasta asustados se habían dispersado.

Massimo estaba a pocos pasos de Lía, ella no lo vio llegar, el sólo la había observado en silencio desde donde se encontraba, pero supo que algo pasaba cuando vio el temor en sus compañeros y cuando se giró hacia atrás, se encontró con la mirada de Massimo, la miraba diferente a otras veces, pero no supo descifrar porqué. Sin decir absolutamente nada, él se dio la vuelta y se marchó del lugar.

—Es un chico extraño —pensó Lía. Sin embargo, no sabía por qué, no podía quitárselo de la cabeza.

Lía empezó a tener problemas en la escuela, siempre fue de las más aplicadas y últimamente estaban bajando sus calificaciones. Tyler trataba de explicarle los apuntes y la ayudaba en lo que podía, pero ella simplemente vivía distraída. El sábado fueron juntos a tomar un helado al lugar favorito de toda la escuela. Como siempre, estaba lleno, no importaba la hora, todos los chicos iban porque ligaban y coqueteaban con las chicas, era el lugar donde se encontraban y se formaban muchas parejas.

Lía estaba disfrutando de su helado junto a su mejor amigo cuando llegó Massimo con otros amigos.

Un grupo de chicas de la misma edad que Dafne estaban en el lugar, y cuando los vieron llegar se acercaron a ellos, hubo incluso una de ellas, que descaradamente abrazó a Massimo y le plantó un beso en los labios que no pasó desapercibido para nadie. Mas tarde, otra chica llegó e imitó a la anterior mientras los amigos de Massimo se reían y le golpeaban el hombro con complicidad.

Lía observaba furtivamente la escena desde el pequeño rincón donde estaba con su amigo, Tyler. Podía ver como Lía trataba de mantener la compostura y de ignorar lo que sucedía a pocos pasos de ellos, pero era obvio su malestar, la conocía desde hacía mucho tiempo, sabía que estaba ilusionada con ese patán.

—Ven Lía, marchemos de aquí —le había dicho Tyler. Ambos se levantaron de la mesa, mientras ella se debatía entre irse o quedarse. Al final pudo más la razón y tomó la mano de su amigo Tyler.

Massimo la había estado observando desde el momento en el que llego a la heladería. Así como también se fijó en cómo Lía se había ido de la mano del chico con el que estaba.

Le molestó verla así con ese chico y no entendía por qué, a partir de ese momento su humor cambió. Solo sabía que no era de su agrado, ella era demasiado inocente, esperaba que no fuese un aprovechado.

Tyler era amigo de Lía desde que eran pequeños, todos veían el cariño y la amistad que se profesaban entre ambos, al punto que más de una vez la madre de Lía y de Tyler habían especulado que quizás al final terminarían juntos.

Ese día Lía se había reído mucho, le había parecido descabellada la idea, pero por la noche estuvo meditando sobre ellos y como Tyler había estado con ella en las buenas y malas en todos los momentos de su vida. Sin embargo, ahora todo había dado un giro inesperado, había conocido a Massimo.

Las clases y el año escolar, al fin estaban terminando. Llegó temprano a su casa y de camino a su habitación pasó por la biblioteca, que también utilizaba su padre como oficina. Cuando estaba llegando a su habitación escuchó el nombre de Massimo, eso la hizo detenerse en seco y a pesar de saber que no era lo correcto escuchar conversaciones ajenas, se acercó muy cuidadosamente a la puerta donde se llevaba a cabo una conversación privada.

El padre de Massimo estaba en su casa, había llegado para hablar con su padre y contarle sus desgracias financieras y demás.

Así fue como se enteró Lía de los problemas que empezaba a tener el padre de Massimo debido a que prácticamente había abandonado todo, incluyendo a sus hijos, desde la muerte de su esposa. La fortuna, tanto de su mujer, como la suya estaban reduciéndose significativamente.

Pero lo que hizo tambalear a Lía, fue la noticia de saber que el padre de Massimo estaba pensando en mandar al extranjero a Massimo y a su hermano mayor.

—Massimo ya no sabe de reglas —le contaba el padre de Massimo al suyo—, llega borracho todo el tiempo, no asiste a clases y no sé en qué momento me llamarán y me dirán que… — hizo una pausa—, no volveré a verlo —la voz del Señor Tony se había quebrado y se había detenido.

En su cabeza empezó a imaginarse el dolor y la tristeza de un chico que perdió a su madre y a su padre al mismo tiempo, y no lo culpó de nada, pero entendió que ese viaje, a lo mejor, era lo que el necesitaba en ese momento. Alejarse de todo lo malo incluyendo a su mismo progenitor y comenzar de nuevo.

Esa noche había llorado por él y por ella misma. Hubiese querido ser mayor y tener tan solo una oportunidad.

—Tal vez el destino lo permitirá —balbuceó, sollozando mientras pedía ese último deseo a una estrella fugaz desde la ventana de su habitación. Esos fueron sus últimos pensamientos antes de caer dormida profundamente.

La escuela se preparaba para su aniversario y todos los alumnos esperaban dicha celebración con ansia.

Lía, se había esmerado tanto como su hermana ese día. Se había puesto rimmel en sus pestañas, resaltando sus ojos y un brillo en sus labios carnosos. Su cabello rizado lo dejó suelto, optó por no usar la coleta de siempre, un cambio siempre está bien.

El vestido, sencillo pero atractivo le llegaba un poco más arriba de sus rodillas y unas sandalias con plataforma adornadas con flores eran el complemento perfecto.

Como siempre, al llegar a la fiesta su hermana se fue con sus amigas y su novio. A Lía no le importaba, de hecho, lo prefería, sabía que su amigo Tyler estaría allí, le había prometido que asistiría solo por ella.

Al primero que vio fue a Massimo, no porque estuviese a la vista, sino porque lo buscó insistentemente. Era algo que no podía evitar, siempre lo buscaba, en cualquier lugar donde sabía que podía asistir.

Tyler aún no había llegado, así que estaría sola por un tiempo más. Anduvo caminando saludando a algún compañero, hasta que se encontró de frente con Ryan. Era un chico mayor que ella, tenía dieciseis años y solía molestar a varios de sus compañeros, a ella más de alguna vez la había tratado de molestar, pero su amigo Tyler había salido en su defensa.

Cuando lo vio ya era demasiado tarde, él ya le había cortado el paso.

—¿Hacia dónde vas tan de prisa? —Le había dicho Ryan con su ya conocida sonrisa sucia, tenía los dientes torcidos y por eso Lía y Tyler solían referirse a él como el retorcido—. ¡Mírate! Pareces otra, incluso hasta pareces un poco atractiva, creo que hasta yo te haría el favor de acompañarte esta noche —había dicho riéndose y en voz lo suficientemente alta como para hacerse escuchar por los demás.

Lía se sintió humillada al notar como las miradas y algunos estudiantes empezaban a acercarse para saber qué era lo que estaba sucediendo. Tyler estaba llegando en ese momento, cuando lo vio se alegró enormemente y quiso ir a su lado. Pero una mano fuerte la detuvo y la rodeó por el hombro, lo siguiente que sucedió no se lo hubiera esperado ni en esta, ni en su otra vida.

Era Massimo, que no sólo estaba a su lado, sino que también la había abrazado para protegerla.

—¿Por qué no te metes con alguien de tu tamaño? —le gritó Massimo enfrentándolo abiertamente, su voz sonaba a amenaza, haciendo que todos, incluso los que estaban más lejos se acercaran con gran curiosidad.

De pronto, Lía se vio rodeada por muchos alumnos de todos los cursos, se sentía hasta mareada de lo imprevista e inesperada en que se había convertido la celebración.

—¡Lía está conmigo! —gritó sin soltarla y manteniendo su brazo alrededor de ella. Dirigiéndose a todos y con una voz más baja, pero siempre amenazante se acercó a Ryan—. No quiero volver a verte cerca de ella, ¿entendiste? Porque no pienso repetírtelo dos veces, ¿me oyes? No creo que quieras verme enojado —le dijo con ojos furiosos—. Apártate —le dijo moviendo su mano, no sin antes hacer su última advertencia—. Quien se acerque a ella se meterá conmigo, quedan todos advertidos —lo dijo fuerte y claro, sin dejar ninguna duda.

Ryan había dado un paso hacia atrás, primero sorprendido, luego asustado y al final asintió con su cabeza.

Massimo tomo a Lía de la mano y la sacó de allí, entre murmullos, gritos de sorpresa, también de frustración y suspiros. Ambos, serían la comidilla por unos cuantos días en la escuela. Lía caminaba feliz, como en una nube, no podía creer lo que había pasado, aunque pronto se bajó de esta. Massimo la sacó de la escuela, solo para llevarla a su casa y decirle que no se preocupara que no la volverían a molestar.

Ella emocionada le preguntó por qué había hecho eso por ella, y él de forma directa le contestó que no le gustaba deber favores y que estaban a mano, que no le debía ya nada. Así, sin más, la había dejado en la puerta de su casa. Lía no podía entenderlo, por un momento le hizo creer otra cosa, no solo a ella sino a todos los presentes. No sabía qué había pasado, así como tampoco qué haría cuando regresara a la escuela después de lo que había sucedido.

—¡Ay madre, Tyler! —¿Qué le diría a su amigo ahora?, pensó.

Esa misma noche, cuando ya estaba acostada, su hermana entró en su habitación y sin ningún preámbulo abrió la puerta rápidamente. Empezó a lanzarle miles de preguntas, no entendía cómo había logrado que el chico más popular de la escuela se fijara en ella.

—Es que no eres su tipo —le repetía su hermana, mientras Lía fingía estar durmiendo y contestaba con monosílabos—. ¡No puedo creerlo!, puede tener a la chica que quiera, por Dios es que jamás lo hubiese imaginado, —decía su hermana yendo de un lado a otro de la habitación—, levántate. Tienes mucho que contarme. ¿Cómo besa? ¿Te tocó? ¿Es verdad que es bien dotado? ¡Por Dios! No puedo creer que yo te lo esté preguntando a ti —rezongaba su hermana con una voz chillona—. ¿Sabes que eres la chica más famosa de la escuela en estos momentos? Yo que me he esmerado tanto no he logrado semejante cosa.

Lía estuvo a punto de decirle que en lo único que se había esmerado hasta hoy era en cambiar de novios como de ropa interior, pero prefirió callar.

En realidad, no se atrevía a decirle la verdad a su hermana, por primera vez en su vida la trataba con admiración, jamás le confesaría que era todo mentira, bostezó y estirando los brazos le dijo que la dejara descansar que estaba cansada que después hablarían y, a regañadientes su hermana salió de la habitación.

Lo difícil llegó el lunes cuando se presentó a clase, desde que llegó a la escuela la miraban unos con admiración, otros con envidia, otros con curiosidad, pero definitivamente no pasaba desapercibida para nadie.

Trató de llamar a Tyler, pero nunca le contestaba al teléfono, su madre siempre le daba alguna excusa y ese día cuando entró en clase no se sentó a su lado como venía haciendo desde que estaban en primer grado.

Se encontró con que había cambiado de pupitre con otra compañera, ahora estaba sentado varios sitios delante de ella y en ningún momento le había devuelto la mirada a pesar de que Lía había tratado de llamar su atención de todas las maneras posibles.

Hasta avioncitos de papel le envió, pero la estuvo ignorando todo el tiempo.

Todos los demás compañeros se habían acercado a Lía, ahora era popular, algunos le preguntaban por Massimo, otros simplemente la saludaban, más de alguno le llevaba alguna golosina y ahora sobraba quien le prestara los apuntes o se ofreciera a ayudarla con los exámenes finales.

Pero seguía extrañando a su amigo, a Tyler, quería contarle la verdad, pero él no le dirigía la palabra.

En sus tiempos libres ya no lo tenía con ella, así que solía caminar sola, fue así como encontró un lugar secreto, al que hizo su lugar favorito. La escuela tenía un área donde casi no llegaba nadie, estaba lejos de los salones de clases, había una serie de árboles frondosos y en uno de ellos se subía siempre a leer y a disfrutar de su nueva soledad. Lo que jamás se imaginó, es que también fuera el lugar favorito de Massimo.

Cuando se disponía a subir, tropezó con la raíz que sobresalía del árbol al que iba a trepar y una voz burlona la hizo reaccionar y mirar hacia arriba. Sorprendida, lo primero que hizo fue recriminarle que estuviese en su árbol, porque encima ¡era el mismo que ella visitaba!

—No tienes porqué ponerte así, en todo caso tú eres la que está allanando a mi árbol, llevo años viniendo a él y jamás te había visto. —Lía tuvo que callar, pues apenas hacía unos cuantos días que lo había hecho suyo.

—Anda, sube topolina, por esta vez te prestaré una rama —arremetió en forma sarcástica Massimo.

Ella trepó también y a pesar de que no usaron la misma rama estaban ambos uno frente al otro. Poco a poco se volvió más frecuente, solían conversar poco, incluso el aparentaba dormir y ella sacaba un libro y también intentaba leer, aunque por obvias razones era casi imposible, estando en su presencia era difícil relajarse.

Para él parecía como si ella no existiera, cerraba sus ojos y era cuando Lía podía mirarlo abiertamente, en una de esas ocasiones él abrió sus ojos y la miró fijamente por un breve momento, pero de pronto cambió y se burló de ella. Lía no sabía por qué, pero le señaló con su dedo el libro, vio que lo tenía al revés y sintió como sus mejillas se sonrojaban, ese día ambos rieron con ganas y se rompió el hielo.

Vivía y atesoraba cada momento que pasaba junto a él, habían logrado una buena camaradería entre ellos a pesar de hablar poco y se convirtieron en los mejores días o las mejores semanas de su vida, eso fue lo que duró.

Muy a su pesar, Massimo también había encontrado en ella el equilibrio y la paz que le faltaba. A veces hablaban de todo y a veces simplemente se hacían compañía el uno al otro. Esos últimos días de escuela, Massimo había asistido todos los días y esperaba ansioso los pequeños momentos en que veía a su topolina.

Topolina, era el sobrenombre que le había puesto a Lía. Más de alguna vez le había dicho que parecía un ratón de biblioteca, siempre andaba leyendo y siempre llevaba muchos libros a la escuela.

Lía nunca se lo dijo, pero se emocionaba cada vez que la llamaba topolina, se sentía especial viniendo de Massimo.

Finalmente, el día en que Massimo besó a Lía por primera vez llegó: ambos estaban bajando del árbol donde solían verse en la escuela y como siempre, Massimo bajaba primero para luego sostener a Lía. Esa vez algo salió mal, una rama se quebró cuando Lía apoyó su mano, a pesar de que ya casi había bajado y estaba en tierra pudo haberse golpeado o herido de no ser por la intervención y los rápidos reflejos de Massimo. Él logró sostenerla a tiempo antes de caer al suelo, pero algo sucedió en el proceso:

Lía perdió el equilibrio, lo abrazó y se colgó de su cuello.

Él se tambaleó y ambos cayeron al suelo, con la diferencia de que Lía cayó encima de Massimo, llevándose este la peor parte.

Él quedó con los ojos cerrados y Lía se sintió fatal sólo de pensar que se había roto algo por su culpa, angustiada le tocó el rostro y empezó a sollozar sin darse cuenta, unas lágrimas rodaron por sus mejillas cayendo y mojando la cara de Massimo.

Massimo sintió un fuerte dolor de espalda, pero cuando cayó algo húmedo en su rostro, abrió sus ojos y se encontró con un par de ojos llorosos que lo miraban con una gran angustia, asombrado se dio cuenta de que era su topolina llorando por él.

Quiso consolarla, pero no podía moverse, ella se levantó de inmediato y le dijo que pediría ayuda. Él no dejó que llamase a nadie, le dolía, pero no quería apartarse de ella, había aguantado palizas que lo dejaron inconsciente, ese dolor no era nada comparado a otros que había tenido que vivir antes.

Lía trató de ayudarlo a incorporarse, Massimo sentía una gran ternura por ella, nunca nadie se había preocupado tanto por el, era la primera vez que alguien lloraba por el genuinamente.

Lía había logrado traspasar su coraza y por más que había tratado de evitarlo durante todo ese tiempo ella lo había conseguido.

Cuando ya se incorporaron simplemente se acercó a ella y de forma natural la besó. Pensó en que sería algo breve, pero le resultó tan placentero que lo prolongó por más tiempo.

Era la primera vez que besaban a Lía, a pesar de haber practicado un sin número de veces en el espejo de su tocador, no estaba ni por cerca del cúmulo de sensaciones que había sentido con ese beso. Después se habían abrazado, Lía sabía que les quedaba poco tiempo juntos y que jamás olvidaría el sabor de su boca, era todo lo que podía desear en ese momento.

Ese día la invitó al acto de graduación, fue espontáneo, no lo pensó, simplemente le nació hacerlo y ella no pudo ser más feliz.

Antes de separarse, nuevamente se acercó a ella y le susurró:

—Dammi un bacio topolina.

Esta vez fue ella quien lo besó una y otra vez, hasta que fue inevitable regresar a sus aulas. Lo que no sabía es que también iba a ser el último beso compartido.

Lía había estado esperando la graduación con miedo, sabía que al día siguiente Massimo partiría para Europa, ese día le prometería que lo esperaría, no importaba cuanto tiempo fuese. Ella estaba dispuesta a esperar lo que hiciese falta.

El momento llegó por fin, también se graduaba su hermana Dafne, y su madre y ella se fueron antes al acto para hacer los últimos ensayos. Lía no quiso irse con ellas, se iría después en otro auto junto a su padre. Unos familiares habían llegado desde Italia para la graduación de su hermana y ella no quiso marcharse sin él, así que había esperado hasta que todos estuviesen listos.

Lamentablemente en el camino tuvieron un accidente aparatoso, el cual había acabado con la vida de su progenitor y a ella la había dejado con muchas lesiones y en el hospital durante varios días. Nadie se enteró del accidente hasta la mañana siguiente y Massimo partió a Europa esa misma noche, después de la graduación se fue sin mirar atrás.

Estuvo esperándola, quería ver a Lía por última vez, pero ella no llegaba, vio a su hermana, pero no se atrevió a preguntarle, tuvo miedo de la respuesta. En un principio se sintió decepcionado, pero al mismo tiempo se sintió aliviado, podía irse sin mirar atrás, ella no vendría.

Lía estaba devastada tras la pérdida de su padre, el hombre al que había admirado y que la había protegido siempre, ese mismo día perdió a la vez a su segundo gran amor después de su padre.

Desde entonces, su vida cambió. Tyler había ido a verla un par de veces al hospital, pero él también se iba de New York, su familia había decidido mudarse a Los Ángeles, California.

Quiso cambiar de escuela y cuando logró graduarse le dijo a su madre que estudiaría en la Universidad de Berkeley, cerca de San Francisco, California. Ya había sido aceptada y con eso ponía distancia, tanto a su pasado como a todo lo que le recordara New York. Desde la muerte de su padre, se había vuelto más retraída, su apariencia había ido cambiando poco a poco, también su carácter, se había vuelto una mujer más fría y poco accesible.

Ya viviendo en California, se enteró de que Tyler vivía en Hollywood y estaba probando suerte en la actuación. Él trató de contactarla, pero Lía puso distancia con toda la gente que había conocido en su pasado.

Había empezado a publicar sus libros bajo el seudónimo de, Alice Walker. Estos ya empezaban a ser conocidos, al darse cuenta de que era reconocida por ese nombre optó por usarlo en su vida cotidiana, la mayoría de las personas la conocían como Alice, excepto su pequeño grupo de amigas, que la seguían llamando Lía.

Supo que, con el tiempo, Massimo había regresado a New York. Era un hombre exitoso, con negocios en muchos países y todo un rompe corazones, en eso no había cambiado nada.

Lía también regresó a New York con su carrera terminada, hizo todo lo posible por rehacer su vida en San Francisco, pero su ciudad natal la llamaba y con sus amigas de la Universidad, Isa y Paola había creado una exitosa empresa de publicidad.

Tenía su propia fortuna, pero raramente la usaba, vivía bien, había comprado un apartamento fruto de su propio esfuerzo.

Se visitaba con su madre, pero desde que su hermana mayor se casó con un italiano ambas se habían mudado a La Toscana.

# Capítulo 3

El sonido de un claxon la devolvió al presente, el lugar a donde se dirigían estaba ante ellas. Unos hombres vestidos de negro estaban en la calle, fuera del recinto, parecían guardias de seguridad. Eran por lo menos diez hombres enormes de pie, uno cerca del otro.

El edificio no decía nada desde su fachada. Los nervios empezaron a apoderarse de Lía, pero la emoción de Isa era tal que provocaba que ella intentara quitar presión a la situación.

—¡Esperen! Antes de bajar, tengo que entregarles esto, un antifaz a cada una, no pueden vernos el rostro, es una regla del lugar. Recuerden, vienen solamente ricos y famosos a este sitio, el principal requisito es el anonimato —les recordaba Isa. Después de ponerse cada una el suyo, bajaron del auto.

—¡Ahora si chicas, entremos!, recuerden en caso de separarnos nadie se va hasta que estemos las tres juntas de nuevo —concluyó Isa.

Dicho esto, se acercaron a los guardias de la entrada, ellos miraban las invitaciones y alternativamente las miraban a ellas de pies a cabeza.

Entre todos se miraron, hasta que alguien aparentemente dio luz verde para que prosiguieran. La entrada estaba aprobada y lograron entrar finalmente.

El vestíbulo estaba en penumbra, e inmediatamente

aparecieron varias mujeres que parecían salidas de alguna pasarela con prendas transparentes a juego con sus hermosas lencerías, unas piernas larguísimas, rubias y con sus antifaces.

Las voces de esas mujeres eran tan pausadas, contenidas y finas, que le hizo recordar a muchas mujeres de la alta sociedad que solían visitar su casa cuando su familia realizaba esas grandes fiestas, muchas fingidas y aprendidas precisamente para parecer o aparentar algo que no eran, recordó.

Les notificaron que, por regla general del lugar, tenían que firmar un documento de confidencialidad. Les explicaron que probablemente reconocerían a más de algún político, actor o empresario famoso. Solo la membresía del club era de cien mil dólares en adelante y dentro del lugar había oportunidades solo para ricos y para los más poderosos.

Las mujeres no pagaban, pero no podía entrar cualquiera. Antes de pasar la primera puerta, ya habían sido evaluadas y examinadas con lupa.

El documento tenía varias páginas, sus amigas lo firmaron de inmediato, pero Lía quiso tomarse su tiempo, nunca firmaba algo sin leerlo antes, eso lo aprendió desde muy joven.

Decía así:

El placer no tiene límites, puedes explorar todas tus fantasías, pero siempre y cuando todos los implicados estén de acuerdo y en sintonía.

No puedes tocar sin permiso, siempre pregunta antes, todo tiene que ser en consentimiento mutuo.

Si no eres bueno con el alcohol no combines alcohol y sexo, un pequeño error puede llevarte desde una sanción a una expulsión irrevocable.

El código de vestimenta para la mujer es vestir lencería de las mejores marcas y un vestido de noche, también pueden optar por la desnudez parcial o completa ya estando dentro del lugar.

El código de vestimenta para el hombre es de etiqueta,

también está permitido la desnudez parcial o completa dentro del lugar.

Las fotos y los teléfonos móviles están completamente prohibidos dentro del lugar, por lo tanto, tendrás que entregarlos al firmar este documento. De ser descubierto haciendo lo contrario, serás expulsado de inmediato.

Tanto los empleados como los clientes gozarán del anonimato y del respeto mutuo.

Es opcional si quieres o no eliminar tu antifaz ya dentro del establecimiento, pero no antes de entrar.

Puedes usar un alias e inventarte quién eres, por lo general se evitan los nombres reales, profesiones e identidades. Usa tu propia imaginación, después de todo vienes a vivir la fantasía de tu vida y a pasar momentos memorables.

Y así sucesivamente siguió leyendo cada paso hasta llegar al final:

Te encontrarás con lugares abiertos sin ninguna cadena, eso quiere decir que eres libre para entrar y participar en todo lo que esa habitación proporciona al invitado, pero encontrarás otros donde hay una cadena puesta, eso quiere decir que no hay acceso.

Disfruta de tu viaje, estas a punto de vivir más allá de lo que tu imaginación ha llegado.

Finalmente… lo firmó. Y entregaron sus teléfonos junto con sus abrigos.

Sintió que estaba firmando alguna sentencia. Ojalá no se arrepintiese después, pensó Lía. En todo caso, ya era demasiado tarde.

Entraron a un pasillo, donde bajo una luz tenue, se podía leer:

**BIENVENIDO AL PARAISO DE LA LUJURIA**

Una de las chicas, de nombre Afrodita las escoltó, en el camino les contó que había varios niveles, la parte baja era solamente para BDSM. En todas las salas de juego encontrarían condones, guantes de látex, lubricantes y toallas limpias.

Luego abrió unas compuertas y se despidió de ellas, desde ese momento quedaban en su casa. Y se retiró discretamente.

Paola e Isa parecían niñas con juguete nuevo, Lía demostraba seguridad, pero en sus adentros temblaba como una niña. La verdad es que, no era lo mismo imaginar o leer algo que verlo en persona.

Su primera impresión fue que todos los que estaban allí eran personas escogidas, todos eran estilosos y de muy buen ver. También estaban en un rango de edad parecido, no había gente muy mayor como tampoco gente demasiado joven Se notaba que ninguno parecía empleado de nadie, se palpaba el poder adquisitivo tanto del lugar como de sus asistentes.

Todas las miradas se pusieron sobre ellas.

—Carne fresca —pensó Lía de forma cínica. En esos momentos se sintió como si fuese una gacela a punto de ser devorada por una manada de leones, pero ella sabía que había llegado con un objetivo y lo iba a cumplir.

Las luces eran de color rojo, era difícil ver los rostros, por la poca visibilidad y el antifaz, aunque estaba bien la idea para no ser reconocidos. Todos lo llevaban puesto, los hombres lo usaban del mismo color y estilo, lo que diferenciaba a uno de otro eran sus cuerpos, unos parecían más corpulentos que otros, algunos más altos, otros más bajos, rubios, morenos… incluso la vestimenta era parecida, casi todos usaban esmoquin, aunque claro, no a todos les lucía de la misma manera.

Las mujeres en cambio, llevaban su antifaz de diferentes formas y colores, algunos con plumas, otros con piedras preciosas. En cuanto a sus vestimentas, la mayoría llevaba escasa ropa.

Llegaron a una gran pista de baile, con un DJ y un bar bastante grande y surtido de todo tipo de alcohol y bebidas donde había parejas y personas conociéndose, besándose y con algún que otro toqueteo. Isa y Paola fueron directas a bailar y Lía prefirió ir por una copa, les dijo que no se preocuparan que estaba bien, cosa que estaba muy lejos de sentir, pero con una sonrisa llegó a la barra. Pidió un Cosmopolitan, las bebidas eran gratis y tenían barra libre.

Observó que también los empleados usaban antifaz y tan pronto como le sirvieron su Cosmopolitan, se acercó una pareja bastante atractiva muy interesados en conocerla. Su primer impulso fue irse inmediatamente, pero si estaba en ese lugar lo menos que podía hacer era mostrarse cortés. Nadie tenía porqué saber el propósito de su visita.

La pareja resulto ser un matrimonio con veinte años de relación, con dos hijos ya en la Universidad, al parecer fueron el motivo por el que se casaron jóvenes. Ambos pasaban de los cuarenta.

Empezaron a contar que era su tercera vez en el lugar, él era heterosexual, pero ella se consideraba bisexual. Le parecieron agradables, pero sabía que andaban en busca de la tercera en discordia y obviamente no sería ella.

Se disculpó les dio una excusa acerca de que sus amigas la estaban buscando y se fue deprisa hacia la pista. Al llegar, pudo ver que tanto Isa como Paola estaban ya rodeadas de un nutrido grupo de personas, todos hablaban entre ellos, aunque más de alguno metía mano y se besaba. Lía advirtió cómo dos de ellos se tomaban de la mano y se retiraban a unos salones oscuros.

Ahí fue cuando ella decidió separarse completamente, quería ver el lugar, a eso había ido. Se despidió nuevamente de sus amigas y continuó recorriendo la casa.

Tenía muebles y camas por los alrededores, y muchas parejas besándose, tríos y mucho sexo oral.

Llegó a un área donde podía ver mejor a las personas, las luces rojas estaban apagadas, ante sus ojos estaba un show de sexo duro. Dos mujeres y un hombre. Por un momento creyó que actuaban, pero era demasiado explícito lo que tenía ante sus ojos.

Se detuvo muy poco tiempo, más de uno quiso saber si estaba disponible, tanto hombres como mujeres se acercaban, pero ella se limitaba a sonreír y negar con un movimiento de cabeza.

Por momentos le causaba miedo la situación, era como estar en una película muda, la tranquilizaba saber que nadie la podía obligar a hacer nada que ella no quisiera.

La mayoría de las personas eran bastante atractivas. Sin embargo, para ser honestos ella nunca había sido una mujer liberal y sin ataduras como su amiga Isa, por ejemplo, que vivía su vida de forma más libre, cuando le gustaba alguien se acostaba con él, aunque no lo volviese a ver nunca más.

Pensó que ya tenía suficiente material para su libro, mentiría si dijera que no había sentido nada al ver todas esas situaciones, ya había logrado su propósito. Decidió que ya era el momento de regresar y buscar a sus amigas, solo esperaba que no le costara encontrarlas.

Cuando empezó a caminar hacia la puerta principal, llegó alguien por detrás y le tocó un brazo, ella no se detuvo, automáticamente le dijo que no, pero otra persona le cortó el paso, se detuvo en seco un poco a la defensiva, las dos personas que solicitaban su atención eran empleados.

Le pidieron que los siguiera y la subieron a un ascensor, ella pensó que a lo mejor se confundían con otra persona y ya iba a preguntarles, cuando en ese momento se abrieron las puertas del ascensor y una segunda puerta enorme de madera. Una mujer de esas que las había recibido en la entrada que parecía modelo, salió a recibirla como si la estuviese esperando. Confundida, se dio la vuelta para preguntarle a los empleados porqué se encontraba allí, pero ya no vio a nadie.

El dueño del lugar, que la observaba por las cámaras desde que había llegado al local, notó enseguida que se comportaba diferente al resto de los invitados. Incluso, se había separado de sus amigas prácticamente desde el principio.

Ellas pronto encontraron compañía y se mezclaron con los demás, pero la chica misteriosa se había limitado a observar y recorrer los pasillos. Pensó que a lo mejor lo que le atraía era el voyerismo, pronto descubrió que cuando llegaba a un lugar nuevo, no se detenía por mucho tiempo, y que a todos los hombres y mujeres que se le acercaban los había rechazado con educación, con un rotundo no.

El lugar concentraba las mujeres más bellas, no solo de New York; sino de muchas partes del mundo. La gente pagaba mucho dinero y viajaba desde muy lejos, solo para llegar a su paraíso.

Massimo, era un hombre exitoso tanto en los negocios como con las mujeres, acababa de comprar el local y tenía una lista de espera muy larga. El motivo por el cual estaban las tres mujeres dentro, era porque él lo había autorizado cuando bajaron del taxi.

Le intrigaba esa mujer. Su forma de caminar, sus curvas, hasta parecía que era natural, no era coqueta ni hacía nada por llamar la atención, a diferencia de las demás. No era necesario, llamaba mucho la atención de todos, él incluido, la diferencia era que a todos les había dicho que no, a él no se le escaparía.

Una sonrisa se dibujó en su rostro:

—Ahora es cuando va a comenzar el juego —murmuró.

Nadie conocía su verdadera identidad, llevaba un bajo perfil, todos se referían a él como Marqués, por el Marqués de Sade. A veces, se le notaba un acento, unos decían que era francés, mientras otros decían que era italiano. Nadie sabía a ciencia cierta su nacionalidad, dominaba ambos idiomas, por lo tanto, sabía cómo usar los acentos a su conveniencia.

El Señor Marqués era simplemente un misterio y un camaleón, esa era su especialidad. Se decía que todo lo que tocaba se convertía en oro. Era frío, cínico y arrogante, pero también era dueño de los clubs más exclusivos en Europa, actores, actrices, políticos y todos los millonarios que pudieran pagar querían entrar en sus clubes.

Estaba en negociaciones para venderlos y establecerse completamente en New York, quería dedicarse a nuevos mercados, además, tenía los negocios familiares. A veces, le cansaba su vida nocturna y pensaba que ya tenía todo el dinero del mundo, aun así, no lograba sentirse satisfecho.

Lía observaba aquello, era diferente a todo lo anterior que había visto. La gente que se encontraba allí estaba vestida, tanto hombres como mujeres. Estaba un poco oscuro, pero pudo ver mesas de billar y de cartas, todos apostaban, un hombre estaba ganando en ese preciso momento. Ingenuamente, Lía pensó que apostaban dinero, cuando lo que apostaban eran a sus esposas. Pronto se dio cuenta, fue cuando vio que el hombre tomó de la mano a la esposa del perdedor y la acostó en la mesa de billar, lo siguiente que hizo fue levantarle el vestido y separar sus piernas, era la escena más candente y *sexy* que había visto en toda su vida.

La mujer había abierto sus piernas, sin ningún pudor. El hombre le apartó las bragas casi rompiéndolas, mientras bajaba su cabeza y se situaba justo en medio de las dos piernas de la mujer. Ella gritaba y se retorcía entre espasmos, mientras él lamía y chupaba provocando más jadeos y gritos. Cuando ella llegó al orgasmo, dejó escapar un grito ahogado, con sus manos retuvo la cabeza del hombre mientras movía su pelvis, hasta que finalmente lo liberó y se dejó caer exhausta y satisfecha.

Todos, sin excepción, aplaudieron y gritaron emocionados, incluyendo sus cónyuges.

Lo último que vio cuando se dio la vuelta, es que el esposo de la mujer que yacía en la mesa de billar la penetraba como un poseso en el mismo lugar donde segundos antes había estado siendo devorada por otro hombre.

Se sintió avergonzada y notó su rostro bastante caliente, al menos su antifaz la ayudaba, sabía que se había ruborizado. Desde que había entrado a ese recinto se había resistido, pero después de ver ese acto, había comprobado que seguía siendo mujer.

¡Al menos ahora sabía que tenía sentimientos y que no era tan fría como le había dicho su ex novio!

Trató de irse y pasar desapercibida, pero se sintió observada y eso la hizo detenerse. En el bar se encontraba un hombre, no era un hombre cualquiera, un hombre muy alto, su cuerpo parecía esculpido, hombros anchos y mirada profunda que la dejó fascinada. A pesar de la oscuridad podía ver un par de ojos hipnotizadores, no veía su color, pero sí podía sentir la intensidad de su mirada.

Todos usaban antifaz. Sin embargo, en él creaba un aura de misterio, ella lo miraba con fascinación, se sentía descarada al mirarlo directamente, al observar cada detalle suyo; también pudo notar que, ese hombre tenía a una mujer a su lado.

Ella estaba de espaldas a Lía, pero podía ver cómo la mujer se tomaba el tiempo para besarlo desde el cuello, abriendo su camisa y lamiendo cada parte que iba descubriendo de su pecho, mientras él con una de sus grandes manos, le acariciaba el trasero por encima de su diminuta falda.

Lía se molestó con él, pero más consigo misma. La miraba a ella directamente, como si quisiera seducirla y lo peor es que también la excitaba. En ningún momento el dejó de observarla, sabía que estaba excitada. Una sonrisa triunfal se dibujaba en sus labios, demostrándole que tenía el control de la situación. No sabía dónde estaba su juicio, en su lugar estaba una criatura salvaje que quería vivir el momento y al límite.

La mujer que estaba con ese hombre era una rubia exuberante, sin embargo, lo que terminó de descolocarla fue ver como la mujer jadeaba y desesperada le abría el cierre del pantalón.

Para Lía fue suficiente el espectáculo. No tenía nada que hacer ahí, por el contrario, se preguntó qué demonios le pasaba.

En lugar de llegar hasta el bar donde había pensado tomarse algo antes de marcharse, se desvió hasta la puerta donde entró minutos antes.

Tan pronto como empezó a caminar en sentido opuesto, un empleado se detuvo frente a ella, otro llegó también y la detuvo en la puerta, cuando vio la situación pensó que algo raro estaba pasando.

Sintió un brazo rodeándola por la cintura, no estaba pidiendo permiso o preguntando, la tomaba con firmeza y de forma posesiva, con mucha seguridad, cosa de la que carecía Lía en ese preciso momento.

Por instinto, ella intentó retirarse bastante enfadada y cuando levantó su rostro con la intención de poner en su lugar a quien fuese, se encontró con un par de ojos azules y profundos, esta vez sí pudo ver el color de sus ojos y fue su perdición. Era el mismo hombre que estaba con la rubia, que la miró de una manera que la desarmó.

Había deseo, lujuria, su sola presencia era devastadora. Un cúmulo de sensaciones se agolpó en la mente de Lía, haciéndola olvidar por completo todo lo que pensaba decirle.

Quiso recordar a los dos novios que había tenido y hasta sus rostros había olvidado, jamás llegó a sentir nada parecido. Un líquido caliente empezó a recorrer sus entrañas, haciéndole mojar sus bragas, ya no era ella, estaba demasiado excitada.

Una sola mirada había bastado para tenerla comiendo de su mano, y él lo sabía.

Massimo se había desplazado hasta otra barra para observarla más de cerca, mientras Lía estaba absorta viendo como la mujer que estaba sobre la mesa de billar, abría sus piernas hacia el hombre que apostó por ella.

La escena la había dejado perpleja y excitada, él lo supo de inmediato. Había visto eso cientos de veces, pero era obvio que ella no estaba acostumbrada a ese ambiente.

Era verdaderamente hermosa, desde su melena larga y lacia que parecía de color natural hasta sus largas y torneadas piernas, le intrigaba saber por qué estaba ahí o qué era lo que buscaba.

Todo ese tiempo pareció imperturbable, fría, hasta que la esposa del senador subió a la mesa de billar, llamando la atención de todos los presentes.

Massimo se había sentado en esa barra para observarla, esa pareja era asidua, él era un senador y ella una jueza que adoraba el exhibicionismo, todos guardaban el anonimato y eran libres de hacer todo lo que quisieran. Para él era una escena más, él a quien observaba y de quien se había obsesionado era de esa mujer que había llegado a su club por primera vez, porque de eso estaba seguro, no la había visto antes, de lo contrario la recordaría.

A pesar del antifaz, el conocía a cada persona que llegaba a su negocio, por eso estaba intrigado, el no saber quién era y que lo alteraba de muchas maneras. La siguió por la cámara desde que había llegado a la puerta de su establecimiento, no pudo resistirse y claro que fue él quien decidió darle acceso a ella y a sus amigas.

Su amiga Fresia, una rubia despampanante con la que anteriormente ya había tenido algún encuentro, se detuvo para hacerle un poco de compañía.

Fue su señuelo, a él en ese momento lo que menos le interesaba era su amiga, la mujer que quería en su cama era la que tenía a pocos pasos. Había logrado captar su atención, así como supo excitarla, supo el momento exacto en que tenía que pasar a la acción.

Lía se recriminó a sí misma, estaba perdida, su mente no le respondía, solamente sentía. El desconocido, después de pasar la mano por su cintura la había empujado suavemente mientras ella solo se había limitado a caminar a su lado.

Era como si no necesitaran hablar, ambos sabían lo que sentían uno por el otro.

Llegaron a la puerta de un ascensor que se abrió de inmediato, ambos entraron y sin mediar palabra se abalanzaron el uno hacia el otro.

Lía no podría decir si empezó él, o ella. Con una maestría inigualable, él tomó el control de la situación y ella le permitió que incursionara en cada rincón de su boca, era un beso hambriento, sediento, necesitado.

Era lujuria pura y se estaba derritiendo en los brazos de ese desconocido.

A ella se le escapó un gemido de sus labios, el pasó a besar el lóbulo de su oreja, se detuvo en su cuello, para luego bajarle el vestido con tal pericia que Lía ya ni se enteraba.

Lía sintió como el miembro masculino había crecido por encima de sus pantalones, él ya estaba bastante excitado y ella lo sentía ya entre sus piernas.

Era un hombre tan atractivo. A pesar de no poder ver su rostro, solo con ver esos ojos se podía ahogar y perder en ellos.

Salieron del ascensor y llegaron a una habitación con una luz muy suave, no había nadie, estaban completamente solos.

Los besos ya no eran suaves, todo lo contrario, el mordía sus labios y exploraba su boca con una lengua muy experimentada. Sabía cómo besar y provocar cada espasmo, le besaba los pechos por encima de la ropa provocando un sinfín de sensaciones, era arcilla en sus manos y el la moldeaba tocando cada fibra de su ser.

De la garganta de Lía salió un gemido de frustración, pero un segundo después sus pechos eran liberados de su corpiño.

—No te desesperes, mía cara. Tenemos todo el tiempo del mundo.

—Ese hombre era italiano y esa voz…, —tenía que estar equivocada, pensó Lía. Sería demasiada coincidencia, una total locura, vino a su mente Massimo—. No por ser italiano o tener los ojos azules tiene que ser él —se repetía mentalmente ya un tanto insegura.

Massimo la miró con extrema admiración y lujuria, eso la hizo sentir poderosa y olvidarse de todo. Los labios de él hicieron contacto nuevamente con su boca, la besaba de forma voraz e implacable, introduciendo su lengua y jugando con la suya, sus pezones ya estaban duros, excitados y entonces se dejó llevar.

Ella le acariciaba su espeso cabello de color negro, mientras la lengua de él hacía maravillas con sus pechos y pezones. Su boca abandonaba un pezón para pasar seguidamente al otro. Sentía como acariciaba la suave piel de su trasero, ella estaba lista para él y se lo hizo saber con un movimiento de pelvis. El apartó la tanga que tenía puesta y deslizó un dedo en sus labios inferiores femeninos, luego introdujo dos dedos.

Era un volcán en erupción, estaba en éxtasis, gritaba y jadeaba como loca, mientras él hacía círculos y hundía dos dedos en su interior.

Estaba muy mojada, el sonido que se escuchaba era decadente y excitante, sentía como una corriente de flujos vaginales se desbordaba por los dedos de él.

Ella estaba prácticamente desnuda, solo con sus medias y tacones puestos. Mientras él seguía con toda su ropa. entonces tomó ella la iniciativa, tenía un cuerpo hermoso con ropa, seguramente desnudo sería espectacular, quiso tocarlo y hacer lo mismo que él hizo con ella.

Por encima de la ropa lo había tocado y no soportaba no poder tenerlo dentro de ella.

Con su boca empezó a explorar y descubrir cada parte de su cuerpo, empezando por su cuello, luego bajo por su pecho, la camisa ya un poco abierta, desesperada Lía terminó de arrancarle todos los botones y fue cuando lo vio, ahí estaba:

Un águila, un tatuaje enorme que le recorría todo su abdomen perdiéndose en sus pantalones. Todo cambió de repente, el hombre con el que estaba en esos momentos, era él. Ya no le cabía ninguna duda.

De tantos hombres que existían en esa enorme ciudad, de tantos hombres que estaban incluso en ese mismo lugar.

No sabía si reír o llorar, había pasado tanto tiempo. Tuvo novios y oportunidades de sobra y nunca pudo encontrar ese deseo, siempre faltaba algo, ahora sabía que eso que faltaba tenía nombre, Massimo Visconti.

Se asustó y se separó de él de inmediato, como pudo recogió toda su ropa y salió de allí huyendo como alma que lleva el diablo.

Tropezó y casi se cae, pero logró mantener el equilibrio, llegó hasta el ascensor, se puso su vestido como pudo y el corpiño se lo llevó en la mano.

Caminó todo el tiempo sin mirar atrás, sin detenerse y cuando se percató de que nadie la seguía bajó el ritmo y empezó a buscar a sus amigas. A la primera que vio fue a Paola, estaba ya con unas copas de más, Lía la tomó del brazo para ir a buscar a Isa porque tenían que irse de allí rápido.

Isa estaba en topless bailando y cantando en la pista de baile, Lía llegó hasta donde estaba, con un gesto bastó para que entendiera que era hora de irse. Afortunadamente ninguna dijo nada, solo se limitaron a asentir y se fueron las tres hacia la puerta.

Se hizo un silencio, Paola e Isa no dijeron nada, estaban calladas, algo bastante inusual, pero agradeció ese silencio.

El taxi las llevó hasta sus casas, no quería pensar ni tampoco quería dar explicaciones. Mas tarde lo haría, pero no era el momento. Su cabeza aún no asimilaba todo lo sucedido esa noche.

Durmió bastante inquieta, pero satisfecha. Ya no tenía ningún bloqueo para escribir su libro.

# Capítulo 4

Dos semanas después

Lía se preparaba contenta para ir a su negocio, PLI Strategy. Se maquilló a conciencia y se hizo una especie de moño dejando sueltos algunos rizos, normalmente se lo alisaba, ese día no lo hizo, tenía mucha prisa. Había que pasar primero por la editorial y luego por su trabajo. Su manuscrito, ya estaba casi terminado.

Desde la noche que estuvo con Massimo no había salido de su apartamento. Pidió comida a domicilio todos los días y se sumergió en su escritura.

Las chicas la llamaban, pero ella se limitaba a decirles que estaba escribiendo y muy ocupada.

No supo cuando era de día o de noche. Había llamado varias veces a Tony para pedir comida y le comentó que estaba en su apartamento, sumergida en un nuevo proyecto. Así que cuando a ella se le olvidaba comer, su amigo le enviaba comida, el viejo Tony siempre la trató como un padre, sabía que cuando escribía no paraba en días.

Vestía de manera sobria, lo justo para verse presentable en la editorial.

Cuando ya iba de camino en su auto, la llamó Isa y le comunicó que tenían una reunión con un cliente muy importante en esos momentos, pero que lamentablemente Paola se había retrasado y ella todavía estaba de camino, le dio la dirección y ella que estaba más cerca del lugar tendría que empezar sola.

Isa y Paola se encontrarían con ellos después, le encomendó que lo entretuviera mientras llegaban.

Cuando Lía quiso indagar más acerca del cliente, Isa le dio el nombre de Ángelo Romano, colgando el teléfono un segundo después y dejándola con la palabra en la boca.

—¡Vaya sorpresa! Típico de Isa —sonrió Lía.

Cuando estaba a punto de llegar, logró ver un estacionamiento justo enfrente del restaurante donde se vería con el nuevo cliente. Sin embargo, cuando ella puso las luces intermitentes y tuvo la intención de estacionarse, otro auto llegó de la nada y se estacionó con una facilidad que la dejó pasmada y peor aún ¡sin su espacio!

—¡Ey! ¡Es mi espacio, estúpido! —Era un Maserati, y pudo ver que era un hombre—. Espero que el muy idiota me haya escuchado por lo menos, —gritaba enfadada.

Estuvo dando vueltas bastante tiempo, era casi imposible encontrar estacionamiento a esa hora y todo estaba lleno, al final logró encontrar otro estacionamiento y salió casi corriendo para la cita.

Caminaba tan rápido como se lo permitía su calzado, llevaba unos zapatos bastante altos, una falda pegada a su cuerpo de color gris que llegaba justo a las rodillas, una blusa de seda de color crema con botones y un escote bastante decente y una chaqueta a juego con la falda. Bastante presentable y profesional.

Cuando llegó al restaurante, se sintió un poco nerviosa, no sabía cómo iba a reconocer al tal Ángelo.

Afortunadamente un hombre alto y muy bien parecido salió a su encuentro y le pregunto si era la Señorita Walker de PLI Strategy, se presentó como Ángelo Romano y ella lo hizo como Alice Walker. Se había acostumbrado tanto a ese nombre, que lo usaba de forma natural, además, era como muchos la conocían, incluso en su trabajo los empleados la llamaban Alice.

Luego la acompañó donde estaba su socio que ya estaba dentro y bastante molesto por la tardanza. Cuando llegaron a la mesa, había salido a la terraza del restaurante y estaba al teléfono les informó el camarero.

Ángelo empezó a hablar con Lía acerca de unas marcas que pensaban lanzar al mercado y ella agradeció toda la información que él pudiera darle antes de conocer al socio, de esa manera no parecería tan tonta.

—Mira, aquí viene mi socio —dijo Ángelo levantándose de la mesa.

El socio de Ángelo estaba a espaldas de Lía, pero cuando ella se dio la vuelta para saludarlo con una sonrisa en sus labios, se encontró con un par de ojos azules enfadados y fríos que apenas la miraron un par de segundos. ¡Allí estaba de nuevo!, encima Massimo estaba molesto por haberlo hecho esperar.

—Mi socio, Massimo Visconti. Ella es, Alice Walker de PLI Strategy. —Lía estuvo a punto de darle su tarjeta de presentación, sin embargo, Massimo ya no escuchaba a Ángelo, miró su reloj y le reclamó directamente a Lía.

—¿Dónde están tus jefas Isa y Paola? —La miró con tanta indiferencia, no tenía ni idea de que Massimo fuese un presuntuoso.

Le aclaró que sus SOCIAS, estaban tardando un poco, pero que ella podría ayudarlo con cualquier duda que tuviera, que la empresa era de las tres.

Massimo se sentó, mientras Lía se excusaba explicando que había mucho tráfico en el trayecto hasta el restaurante y le costó mucho encontrar estacionamiento.

—Si claro, —interrumpió en un tono arrogante—, pues yo no tuve problema en aparcar, llegué y me estacioné aquí mismo —dijo señalando el estacionamiento.

Ella levantó su mirada, esta vez con una voz y actitud diferente y agresiva. Le contó que estuvo a punto de estacionarse también frente al restaurante, pero que un estúpido que conducía un Maserati se apareció de la nada y estacionó en su sitio. Ella sabía muy bien que era él quien conducía el Maserati y le había llamado estúpido a propósito.

Un leve sonido salió de la boca de Ángelo mientras trataba de disimular una risita.

Massimo la observó esta vez con más detenimiento: tenía su temperamento, ya no era la misma mosquita muerta que se había presentado ante el hacía un momento. Era bastante osada, seguramente no sabía quién era él. Su mirada era bastante desafiante y a pesar de su vestimenta tan aburrida era guapa, de eso no cabía duda.

Ángelo interrumpió sus pensamientos y tratando de cambiar de tema, le explicaba un poco las marcas que querían impulsar.

Por fortuna, antes de que ese par se agarrara de los pelos, Isa se hizo presente disculpándose por su tardanza, Ángelo respiró aliviado. Isa por supuesto se encontró con un Massimo completamente diferente al que encontró Lía.

Se mostró muy amable y muy educado con ella, incluso tuvo la caballerosidad de restarle importancia a la tardanza de Isa.

—Lo importante es que ya te encuentras con nosotros —fue su comentario acompañado de una cálida sonrisa.

Lía no se podía creer su cinismo, era todo un mentiroso, ¡por Dios!

—¡Claro! —contestó Lía con una amplia sonrisa—. El señor Visconti es muy amable, de hecho, cuando llegaste me estaba diciendo que está dispuesto a firmar hoy mismo los contratos. ¿Verdad Señor Visconti?

Ángelo se pasaba la mano por su cabello bastante nervioso, no sabía de qué iban esos dos, pero lo que sí sabía es que nunca había visto actuar a su amigo de ese modo.

—¡Excelente noticia! —gritó Isa, aplaudiendo con alegría, llamó al camarero y pidió una botella de champán—, tenemos que celebrar entonces nuestra alianza.

—Sabía que mi socia terminaría por convencerlo, Señor Visconti. Ella no se encontraba en la oficina estos días por motivos de viaje, pero ya está aquí y la verdad será un placer para nosotras trabajar con ustedes.

—Supongo que el Señor Visconti estará ocupado en sus otros negocios —añadió Lía—, pero le aseguro que trabajaremos de la mano con el Señor Romano —y al mencionar a Ángelo lo hizo con una amplia sonrisa.

—No, se equivoca. Yo personalmente estaré trabajando en este proyecto, así que nos veremos con más frecuencia de la que seguramente espera.

Cuando llevaron el champán, Massimo se acercó para hablar con Ángelo, fue en ese momento cuando Isa le pregunto a Lía si se había perdido algo y qué estaba ocurriendo ella sólo hizo un gesto de desagrado.

Descorcharon el champán y sirvieron la bebida, Massimo alzó su copa y brindó por el proyecto y por la Señorita Walker, ella con una sonrisa que no llegó nunca a sus ojos alzó también la copa y brindó por el proyecto y por el encantador Señor Visconti.

Ángelo se empezó a ahogar con su copa, tosió y brindó con todos, Isa sonrió con aparente calma. Ya Lía le contaría después qué estaba sucediendo.

—Prueba superada —dijo Lía, cuando salió del restaurante minutos después de que Massimo y Ángelo se hubiesen ido.

Paola llegó en esos momentos disculpándose y Lía les confesó que necesitaba desahogarse y contarles todo lo que había pasado.

Contó todo, desde cuando conoció a Massimo hasta la noche del club, sin omitir ni una coma. Luego el reciente encuentro y cómo se había comportado al llegar ella sola.

También les pidió que no mencionaran su verdadero

nombre, ella había usado su seudónimo, él la conocía como Alice Walker.

Las chicas estaban fascinadas con la historia y no dejaban de abrir su boca y sus ojos desmesuradamente, exclamaban y preguntaba todos los detalles, al tiempo de no poder creer todas las coincidencias.

—Esto que nos cuentas es increíble, en serio.

—Lo que no puedo creer es que no te reconociera, —concluyó Paola.

—Era muy diferente entonces, además, sin mi nombre y apellido no tendría por qué recordarme o acordarse de mí, —confesó Lía.

—Yo tengo una pregunta —levantó la mano Isa—. A todo esto, recordando a tu hermana Dafne y por tu experiencia vivida en el club, ¿es verdad que está bien dotado?

Lía y Paola rieron a carcajadas, de todo lo que Lía había contado, Isa se había quedado pensando en esa parte, muy típico de ella.

—Si tú no quieres volver a verlo lo entendemos completamente —le aclaró Paola

—Si —prosiguió Isa—, totalmente, tienes nuestro apoyo.

Lía las interrumpió inmediatamente

—Claro que no tengo ningún problema en verlo nuevamente, todo quedó ya en el pasado, incluyendo lo del club. Se los juro.

—No sé, esas coincidencias no suelen darse a menudo. —Insistió Isa pensativa—. Sólo esperamos que todo salga bien.

—Te queremos y sabes que queremos lo mejor para ti. —Confesó Paola. Isa se acercó a Lía y ambas la abrazaron.

Sus amigas eran su familia, prácticamente estaba sola en New York, ellas eran todo para ella, sus hermanas.

Ángelo y Massimo se fueron juntos del lugar en el Maserati, mientras un Ángelo jocoso se burlaba e imitaba el brindis por el encantador Señor Visconti, e insistía en que era la primera vez que veía a Massimo en plan mal educado.

—Se nota que es hija de papá y mamá, una caprichosa que está jugando a ser empresaria. Hasta mojigata me pareció. Pero no quiero seguir hablando de ella, quiero saber si ya tienes noticias de mi dama misteriosa.

Ángelo sabía de la obsesión de su amigo y había tratado de seguir a Lía, pero se había logrado escabullir entre toda la gente, nadie sabía quién era ni tampoco de dónde había salido.

El lugar era famoso desde antes de que lo comprara Massimo, pero no había referencias ni nada, era como si no existiera. Por lo general, todas las personas que llegaban a su club eran estrictamente elegidas y conocidas.

Ella apareció de la nada y de esa misma manera había desaparecido. Massimo, no sabía qué había pasado y por más que pensaba en todas las posibilidades, no lo lograba entender.

La deseaba y pensaba constantemente en ella. Era una mujer fogosa, era fuego en sus brazos, pero no entendía qué había sucedido ni porqué había cambiado de opinión, le frustraba no tener algo que él deseaba. Y la deseaba a ella, estaba seguro que ella también lo había deseado, pero no entendía por qué había huido así.

—Tienes que encontrarla cueste lo que cueste.

Ángelo le aseguraba que estaba en ello y que haría hasta lo imposible por encontrarla.

El día que comenzaban las grabaciones de toda la campaña publicitaria, finalmente había llegado. El set era un caos, Isa atendía a todo el mundo junto a Paola, modelos, maquilladores, asistentes, todos los empleados estaban prácticamente a la disposición de Massimo y Ángelo. La gran ausente era Lía. Era el día que presentaba su manuscrito a la editorial.

La editorial le había comunicado que cambiarían su seudónimo, ya no sería más Alice Walker, de ahora en adelante, usaría L.C Russo. Al cambiar al género erótico no quería que la vincularan con la escritora de romance. Ella estuvo de acuerdo.

—LC Russo, ¡me encanta como suena!

Después de dejar atrás la editorial, tenía que correr para llegar a las grabaciones, sólo esperaba que Massimo delegara a otros su trabajo y no tener que verlo.

No podía estar más equivocada, Massimo estaba que echaba fuego por la boca. Todos estaban ocupados y trabajando como tenía que ser, excepto ella, la que nunca llegaba a trabajar.

Cuando preguntó por la Señorita Alice Walker, le dieron una excusa tonta y los empleados negaron saber algo de ella, uno hasta mencionó que desaparecía constantemente.

No entendía por qué le sacaba de las casillas esa mujer, nunca le gustaron las personas que vivían a expensas de sus padres ricos. Le gustaban las mujeres hechas y derechas que sabían lo que querían y esperaban de la vida. Recordó a Irina, su prometida, ambos tenían muchos intereses en común. Ella se había quedado en Alemania resolviendo otros negocios, en ella sí confiaba.

Tenían una relación abierta, era una mujer millonaria, de negocios igual que él y tampoco esperaba amor, era modelo, actriz y muy famosa en Europa, divorciada dos veces y ambos esperaban lo mismo de su unión.

Lía entró apresurada al lugar de la grabación, Paola e Isa estaban ocupadas. Sin embargo, se acercaron donde se encontraba ella para felicitarla, mientras la abrazaban y le decían que al terminar todo ese jaleo saldrían todos a celebrarlo.

—Bueno con que no me des más sorpresitas, me conformo —sonreía Lía.

Massimo la observo desde lejos, estaba totalmente diferente a la mujer que vio la primera vez, se le veía feliz, tenía una sonrisa muy contagiosa, se veía el compañerismo y amistad entre ellas. Pero él estaba molesto, encima que llegaba tarde sus amigas la felicitaban y abrazaban.

Vestía muy elegante, pero como siempre sobria, demasiado seria para su gusto. Era el tipo de mujer en la que jamás se interesaría. Su mente pensó en la mujer que conoció en el club, totalmente opuestas.

—Veo que recordó que hoy tenía un compromiso, —se escuchó la voz de Massimo justo detrás de ella.

El rostro de Lía cambió completamente, tomó una bocanada de aire, respiró profundo, trató de calmarse y muy lentamente se volvió hacia él.

—No sabía que tenía horario de llegada —enfatizó Lía mirándolo esta vez a los ojos—. ¿Acaso al Señor Visconti no lo han atendido? Porque yo veo a casi todos mis empleados y a mis socias aquí, o ¿acaso era a mí a quién extrañaba?, —le preguntó con sarcasmo.

La respuesta de él fue una risa de burla, un poco sarcástica.

—No se haga ilusiones, lamento decirle que no es usted mi tipo.

—¡Uy! No sabe cómo me dolieron sus palabras, Señor Visconti. Con lo que me encantan los hombres arrogantes, cínicos, pretenciosos, groseros y encima misóginos.

—¿Misóginos? ¿Me habla a mí? —le acusó Massimo echando chispas por sus ojos.

—Pues no veo a otro por aquí, o ¿es que no se ha dado cuenta de cómo odia a las mujeres?

Una sonrisa se dibujó en sus labios

—Se equivoca, las amo y ellas me aman a mí, —lo dijo pronunciándolo de una manera bastante seductora y despacio—. A la única que no soporto es a usted, ¿sabe por qué? Porque llega a la hora que le da la gana, no se compromete y hace lo que quiere, simplemente por haber nacido con dinero.

—Así que ya me etiquetó de rica, de vividora y mantenida. Pues para su información, he estado ocupada en otros asuntos que no son de su incumbencia, estoy aquí y eso es lo que cuenta.

Afortunadamente, no había nadie cerca escuchando la discusión.

Lía ya se estaba yendo, no sin antes decirle que era un

cobarde cuando, lamentablemente, dio un mal paso con sus tacones que la hicieron tropezar y estando a punto de caerse, Massimo la alcanzó y la sostuvo por detrás, abrazándola.

Ella se quedó sin aire por el susto y por su cercanía, mientras que él sintió el aroma de su cabello y un perfume suave, pero muy femenino. Tuvo una sensación de Déjà Vu.

—¿Está bien?

Ella se soltó rápidamente de su abrazo, pero al moverse el tocó uno de sus pechos. Nadie dijo nada. Ella esperaba alguna pulla por su parte y el algún regaño. Nada de eso sucedió, en silencio ella siguió su camino dejando atrás a un Massimo bastante desconcertado.

Las grabaciones serían en diferentes locaciones, uno de esos lugares era el Parque Central, Lía ese día llegó antes que los demás ya que vivía a pocos pasos de allí.

Desde que la vio, Massimo se había dedicado a molestarla con cada comentario. Pero siempre la requería a su lado y le pedía su opinión en todo, por momentos había tregua y trabajaban en equipo, pero también se metían pullas todo el tiempo.

—Nos vamos a un descanso —se escuchaba la voz de Lía dándoles instrucciones a todos—, nos vemos en una hora después del almuerzo.

Cuando se quedaron a solas, Massimo arremetió diciendo que una hora era mucho tiempo.

—¡Por Dios, hablas en serio!, —le dijo Lía deteniéndose y mirándolo a los ojos con los brazos en la cintura. Massimo estaba sonriendo, mientras mostraba unos dientes muy blancos, siempre buscando la manera de provocarla.

—Vente, vamos a comer, —la sujetó del brazo y ella se dejó llevar resignada.

Lía, con su ya peculiar sarcasmo le preguntó si conocía los tacos. Él la miró como si se hubiese vuelto loca

—Claro que conozco la comida mexicana, ¿por qué

lo preguntas?

—Cerca de aquí hay unos riquísimos, tendremos el tiempo justo para comerlos y llegar a tiempo.

Massimo jamás creyó que los famosos tacos provendrían de un camión estacionado en la calle principal, donde la gente se alineaba para comprar sus especialidades.

Él se detuvo, ¿en serio la gente hacía fila para comprarlos?

Lía no hizo ninguna cola, llegó directamente donde estaban las personas atendiendo y todos la saludaron. Era obvio que era clienta, le entregaron su pedido e incluyeron dos botellas de gaseosa.

No recordaba cuándo había sido la última vez que se había tomado un bote de cola, ¿qué estaba pensando? Tampoco conocía a nadie en su entorno que comiera tacos de la calle.

Sin embargo, ahí estaba él. Sentado bajo la sombra de un árbol, a punto de comerse lo que ella le estaba ofreciendo.

Lía observaba como Massimo se tomaba su tiempo para comer, ella quería reírse, pero trataba de aparentar que no se daba cuenta, mientras tanto con toda la normalidad del mundo se llevaba los tacos a su boca. Él la observaba sin ningún reparo, era algo a lo que no estaba acostumbrado, no se parecía a ninguna mujer con la que hubiese salido antes, la mayoría llevaba algún tipo de dieta, o pedían la comida solo para probarla, como los pajaritos.

Él la imitó también y le supieron exquisitos, después de unos minutos, fue Lía quien decidió romper el silencio.

—Veo que al fin te decidiste por probar los tacos de lengua, muy buenos ¿verdad?, —le sonrió Lía de forma inocente. Massimo empezó a atragantarse, y Lía le pasó la soda rápidamente.

Sin ningún preámbulo comenzó a reírse, al principio con timidez y después se convirtió en una gran carcajada.

Massimo se dio cuenta de que Lía le estaba tomando el pelo y se unió a ella con su risa contagiosa.

—¡Me lo merezco!

—¡Exacto!, —le contesta Lía—. Eres un presuntuoso.

El ambiente se relajó y la comida transcurrió en paz. Un poco más tarde, en el parque de nuevo, ya estaban otra vez discutiendo. Lía empezaba a estar molesta, cogió su bolso y emprendió la retirada,

—¿A dónde vas? —cuestionó Massimo.

—Me voy a casa Señor Visconti, ya tuve suficiente por hoy.

—Todavía no hemos terminado —gritaba Massimo

—Pues, yo si terminé, —le contestó Lía elevando su voz al igual que él, mientras terminaba de recoger sus cosas y se iba en dirección contraria.

Al principio, Ángelo trató de intervenir junto a Isa, pero luego entendieron que perdían el tiempo, igual que el equipo con el que trabajaban y todos empezaron a ignorarlos.

Al día siguiente, grabaron cerca de un lago en el parque Central, lo más curioso es que Lía y Massimo estuvieron trabajando toda la mañana juntos para desaparecer después del almuerzo. Nadie los vio irse, ni tampoco regresar. Lía le había mencionado su lugar favorito dentro del parque y que le gustaban los picnics. Él llevó emparedados y ensaladas junto a una botella de vino.

Caminaron juntos como dos viejos amigos, deteniéndose sobre un puentecillo. Bajo éste había un pequeño lago, donde se reflejaban los árboles dándole un toque mágico y surrealista. La vista era impresionante, poco a poco se fueron alejando de la gente sin darse cuenta, hasta encontrarse fuera de la vista de todos.

Massimo extendió una manta, en una canasta llevaba la comida y la botella de vino. Al principio, comieron en silencio, una migaja de pan estaba en el labio de Lía, ella no lo notó hasta que Massimo la sorprendió limpiándoselo con su pulgar. Su primera reacción fue de sorpresa, no obstante, trató rápidamente de disimularlo buscando algo ingenioso que decir, pero no encontraba palabras, ambos estaban bastante cerca el uno del otro.

Lía podía sentir su respiración pausada y hubiera jurado que él también había sentido la suya, un ruido finalmente los hizo reaccionar, haciéndolos volver a la realidad. Era una ardilla que andaba muy cerca. Sin decir nada, Massimo se levantó y ella lo siguió, pensando que ya se iban. Pero Massimo recogió todo y la manta en la que antes habían comido, la usaba ahora para tumbarse.

—Anda, acuéstate un rato sobre la manta, echaremos una siesta, —dicho esto se acostó y le dejó un espacio a su lado para que ella también se acostara.

Ella se recostó a su lado en silencio.

Se sentía nerviosa, pero quería aparentar que era lo más normal del mundo dormir una siesta con él al lado.

Algo tocó su brazo haciendo que gritara y se moviera rápido, Massimo había reaccionado también de inmediato moviéndola y quedando Lía bajo su cuerpo, en su afán de protegerla.

Los ojos de Massimo tenían unas motitas oscuras, y la miraban de una manera que la hacían sentir desnuda, estaban a pocos centímetros, si él la besaba en ese momento estaría perdida.

Pero en lugar de besarla, una sonrisa se dibujó en sus labios.

—No pienso besarte, si es lo que estás pensando, mia cara ragazza.

—¡Eres un idiota!

Después de decirle eso último a Massimo, ambos se rieron borrando de esa manera la tensión que se había creado a su alrededor. Luego entablaron una conversación, poco a poco los ojos de Lía se sintieron pesados, el vino había empezado a hacer su efecto. Y lo último que supo es que, su cabeza reposaba sobre algo fuerte y duro que la hacía sentir segura.

Él trató de no moverse, Lía se había quedado dormida sobre su pecho. Sentía su respiración, su olor, todo en ella lo excitaba, pensó en como estuvo a punto de besarla minutos antes, de haberlo hecho seguro que no hubiera podido parar.

Tuvo la oportunidad de observarla más detenidamente aprovechando que estaba dormida, vio unas cuantas pecas en su nariz. Hasta dormida, era muy atractiva, su piel parecía suave y tenía un bronceado que sería la envidia de muchas mujeres, se preguntó si el resto del cuerpo estaba también bronceado.

Le vino un recuerdo de su pasado, no sabía por qué recordó de pronto a Lía, quizá porque ella también había tenido pecas. No tenía sentido, no había estado tan cerca de alguien desde sus encuentros con aquella muchachita, de eso ya hacía muchos años. Muchas mujeres pasaron por su vida, pero nadie entró tanto como lo había hecho esa chica, su topolina.

De eso había pasado mucho tiempo ya, fue de esas pocas cosas buenas, la única que valió la pena en esa época de su vida, pero no sabía por qué estaba reviviendo esos recuerdos.

Una sensación placentera se apoderó de él, la miraba y solo podía sentir que era ese el lugar correcto donde debía estar, junto a ella.

Sintió la necesidad de tocarla, su cuerpo había reaccionado con su cercanía y estaba teniendo una evidente erección.

Algo había hecho despertar a Lía, a sus fosas nasales llegaba un aroma muy varonil. Después del encuentro que tuvo con Massimo en el club, despertaba casi a diario excitada, empezó a recordar todo, el vino, la comida y a Massimo.

Ella trató de incorporarse, tratando de no despertarlo, pero él ya estaba despierto observándola. No se cansaba de mirarla, le atraía mucho, le hacía recordar a su hogar, su infancia, su primer amor, cuando aún vivía su madre y junto a su padre eran una familia feliz.

Lía sintió el deseo de abrazarlo y besarlo, no obstante, hizo todo lo opuesto, se separó de forma abrupta. Miró el reloj y fingió que era tarde, rompiendo de esa manera la magia que se había creado en su entorno. Massimo no entendía por qué ese cambio repentino, lo mejor era no ahondar en el asunto, realmente era tarde y tenían que volver con todos.

Regresaron tarde a la grabación y en todo el camino apenas dijeron una palabra. Era como si no hicieran falta. Al levantarse, el sujetó su mano y desde ese momento no la soltó. Así fue como llegaron a reunirse con el resto del equipo, lo irónico fue que todos lo notaron menos ellos, era como si fuese lo más normal del mundo.

Y llegó el último día de las grabaciones, ambos sabían que también era el último día que estarían juntos. Como si ambos se hubiesen puesto de acuerdo, ese día trabajaron por separado.

Hubo algún comentario o cuchicheo, pero nadie dijo nada y al final del día Massimo agradeció su trabajo a todos en general, se miraron fijamente por un breve momento y luego se fue sin mirar atrás.

# Capítulo 5

Un par de semanas después, Massimo fue a recoger a Irina al aeropuerto, llegaba en un viaje privado y de manera discreta. Aún no se había hecho público su compromiso, pero era solo cuestión de tiempo.

Se le veía radiante y tan fría, como la noche que empezaba a caer. Había adelantado su viaje, tenía muchas reuniones a las que asistir, vivía y respiraba por y para los negocios. Massimo la llevó a uno de sus apartamentos, mientras remodelaba su casa.

Por otra parte, a Massimo se le veía distante, estresado y confundido.

Todavía recordaba a esa mujer misteriosa que conoció en su club, pero lo que más lo desconcertaba era recordar a cierta mojigata que logró sacar lo peor de él. Lo irónico de todo, es que ella lo hizo sentir nuevamente vivo, como no lo había estado desde su partida a Europa cuando apenas tenía dieciocho años.

Durante la semana que estuvieron grabando y trabajando juntos, disfrutó hasta de los tacos que ella compró en la calle, comieron bajo la sombra de un árbol, tomaron una siesta juntos y compartieron esos emparedados que compró en una tienda pensando en los dos.

Su sentido del humor lo hacía anhelar cosas que ya casi había olvidado.

A ella le importaban los demás, en una ocasión cuando creyó que nadie la observaba se había ausentado del grupo. Él la siguió desde cierta distancia, sólo para verla sacar una bolsa con unas cuantas nueces. Arriba de un árbol se encontraban unas ardillas, las había llamado por su nombre y luego bajaron enseguida para comer de su mano. Únicamente había conocido a una persona como ella muchos años atrás, Alice era una mujer con muchas facetas.

En su mundo, nadie se tomaría el tiempo o le daría importancia a algo tan superfluo, como diría Irina. Luego, recordó que ella mencionó que solía caminar y correr todas las mañanas porque vivía a pocos pasos del Parque Central.

Sabía que podrían encontrarse de nuevo, pero no sabía cuándo iba a suceder. A veces la soñaba, pero en su sueño era la misma chica que había conocido muchos años atrás, luego la veía con antifaz huyendo de su lado. Estaba bastante agotado, y su mente ya no pensaba con claridad.

Después de comer con Irina y dejarla alojada en una suite, se había retirado con la excusa de tener que resolver un problema de trabajo.

Regresó a una de sus oficinas, necesitaba hablar con su amigo, Ángelo.

Este apareció minutos después y lo primero que vio fue el rostro cansado de Massimo, no recordaba haberlo visto así antes, pero no dijo nada. Solamente se limitó a darle una carpeta.

—Te tengo buenas noticias, he contratado a un investigador privado, espero que pronto sepamos quién era la mujer que conociste en el club.

—Siéntate y tómate una copa conmigo —añadió Massimo, señalando el asiento que tenía frente a él.

Se levantó y sirvió dos güisquis, uno para cada uno, brindaron en silencio.

—¿Quieres un consejo? —Le preguntó Ángelo—. Bueno,

aunque no lo quieras te lo daré. No te comprometas todavía, me refiero a que no lo hagas público aún. Tengo la leve sospecha, que muchas cosas cambiarán de aquí en adelante. Ambos sabemos los motivos por los cuales estás con ella, solo recuerda que las cosas van cambiando al igual que nosotros y es mejor darse cuenta a tiempo, antes de que sea demasiado tarde.

Diciendo eso se tomó de un solo trago el güisqui, se levantó y le informó que tan pronto tuviera noticias se lo diría

# Capítulo 6

El libro de Lía, finalmente fue publicado y en las primeras semanas de su publicación ya estaba entre los primeros libros más vendidos. No solamente en Estados Unidos, sino en todo el mundo gracias a las plataformas digitales.

La publicidad estaba en todas partes, vallas publicitarias, buses, hasta en los túneles del metro de Nueva York se encontraba la portada del libro.

Los periódicos, la farándula, las revistas rosas hablaban del erotismo del libro, pero también del sentimiento que se palpaba en sus protagonistas, haciéndolo sentir real y de cómo todas añoraban conocer un Señor V, o ser Escarlata.

Algunos más escépticos, pensaban que no llegaría a superar a la trilogía que unos años atrás, también había batido récords de venta.

Sus amigos, estaban felices al igual que su editorial. La aceptación era abrumadora, por primera vez sentía que todo su esfuerzo había valido la pena. Pero no todo era miel sobre hojuelas.

Había comprado casi todas las revistas, escuchaba los programas de radio, leía y participaba en Handbook, Instahot, Twenty, entre otras redes sociales, y todas las revistas rosas donde pudiesen mencionar su libro. Fue así como llegó a una noticia que también estaba haciendo furor.

El encabezado decía de esta manera:

## Irina Dubrowsky, muy pronto estrenará marido

*Todo apunta a que el soltero del año, según la revista Faces. El famoso magnate Massimo Visconti, ha sido flechado por la actriz y modelo, Irina Dubrowsky. Para ella será su tercer marido, para él será su primera boda. Aún no lo han anunciado públicamente, pero los rumores son cada vez más fuertes y se espera que en pocos días se haga oficial.*
*Fuentes confiables, cercanas a la modelo y empresaria, afirman haberlos visto juntos en Nueva York, lugar donde el magnate reside. Por otra parte, sus fans afirman que la misma Irina enseñó un anillo de compromiso en su cuenta de Instahot y de Twenty. Por lo tanto, sólo estamos a la espera de que ambos tortolitos lo confirmen.*
*Felicidades para ambos.*

El nombre de ella no le sonaba de nada, aunque claro no era de extrañar, ella vivía en su propio mundo, era más probable que Isa y Paola supieran algo más de ella.

Trató de hurgar un poco más en la vida de esa mujer, sentía mucha curiosidad por saber qué tipo de persona era y qué la hacía tan especial como para que Massimo se casara con ella.

Encontró en internet un libro no autorizado de su vida, en el cual hacían referencia a drogas, alcohol y sexo y de cómo poco a poco sus excesos habían ocasionado el declive de su carrera. La verdad, no entendía qué podía ver un hombre como Massimo en ella.

Recordó el club donde se reencontraron, ese era su mundo y su estilo de vida, no podía reprochárselo, la vida se había encargado de hacerlo quien era y tenía que ser así.

Una lagrima rodó sobre su mejilla, no podía culparle, deseaba lo mejor para él y para su vida. Después de un largo suspiro, se fue a la cama con cierto sentimiento de pérdida.

Estaba excitada, mojada, una mirada había bastado para hacerla sentir desnuda. Y mientras ella entreabría sus labios, el aprovechaba para introducir y apoderarse de su boca.

Luego se escuchó un suspiro largo y una voz sensual en un micrófono.

—Hola, muy buenas noches, ya casi buenas madrugadas a todos mis amigos y radio oyentes. Estás escuchando, Susurros de la medianoche con tu amiga Chanel, estamos leyendo pequeños fragmentos de un libro que esta causado un gran furor, ¿y por qué no?, también controversia.

»El título al que nos referimos es, «El Club del Señor V» escrito por L. C. Russo. Una autora de la cual nadie ha escuchado hablar antes, unos lo tildan de simple pornografía, otros comentan que lo están poniendo en práctica con sus parejas.

»Y ustedes amigos ¿qué opinan?, ¿qué piensan? Llámenos y cuéntenos su opinión.

Se escucha el timbre del teléfono dos veces, y contesta la primera llamada.

—Estás llamando a Susurros de la medianoche, soy tu amiga Chanel, ¿a quién te gustaría susurrarle esta noche?

—Hola Chanel, yo quiero susurrarle al Señor V. En mi casa yo leí el libro en un solo día y ahora lo está leyendo mi madre, lo más extraño del caso es que yo no suelo leer, este libro me ha despertado el apetito por leer más y poner en práctica todo con mi marido. Espero más de esta escritora y del Señor V.

—No me cuelgues, alguien anotará tu nombre y tus datos, nos han hecho llegar libros, camisetas y muchos artículos promocionales que sortearemos en el transcurso de la semana, todo será autografiado por la autora de este libro, «El club del Señor V». Tenemos otra llamada, luego nos vamos con nuestros patrocinadores a publicidad.

—Susurros de la medianoche, soy tu amiga Chanel, ¿a quién quieres susurrarle esta noche?

—¡Hola, Chanel! Me llamo John, y esta noche quiero susurrarle a Scarlett, definitivamente me gusta su descaro y cómo lleva al límite al Señor V. En casa hemos leído juntos el libro mi esposa y yo, y no puedes ni imaginarte cómo nos ha cambiado la vida.

—Me gusta mucho escuchar eso John, tenemos muchas llamadas, pero por favor no me cuelgues aún, alguien tomará tus datos, automáticamente entras a un sorteo para ganar muchos premios.

»Así es amigos, tendremos sorteos para que se lleven libros, camisas, gorras y muchos más artículos, todos autografiados por la mismísima autora del Club del Señor V. Nos vamos a unos cortos comerciales, ya regresamos con más de Susurros de la medianoche y tu *sexy* amiga, Chanel.

—¿Escuchan chicas? —Isa no paraba de hablar—. El programa sale al aire tres veces por semana, pero debido al gran auge que ha obtenido últimamente lo tuvieron que extender a cinco días.

Lía les comentó que la editorial se estaba planteando darles la exclusiva a ellos, en esos momentos. Tanto programas de radio, como de televisión esperaban conocer a la misteriosa escritora de tal bestseller.

—¡Esto se tiene que celebrar, aunque sea con chocolate caliente! —Las tres alzaron sus brazos y chocaron entre si sus tazas de humeante chocolate, emocionadas por las buenas noticias y por muchos más éxitos que vendrían.

# Capítulo 7

El viejo Tony cumplía cincuenta años regentando su restaurante The little Toscany, el lugar favorito de Lía desde pequeña.

Tony había sido el mejor amigo de su padre, estuvo casado muchos años, había amado demasiado a su esposa, más que a nadie en el mundo, pero ella sufrió una larga enfermedad, al final su cuerpo no lo pudo soportar y partió de este mundo, dejando a su esposo y a sus dos hijos cuando aún eran pequeños.

Por muchos años descuidó el negocio y aunque estuvo a punto de perderlo, no fue así, sus amigos y sus más fieles clientes mantuvieron a flote el lugar.

Ante el vacío que sintió al desaparecer su esposa, Tony no supo qué hacer con dos chicos que con el tiempo se hicieron más rebeldes, al punto que el hijo mayor casi cae preso. Sin embargo, gracias a sus influencias se salvó, mientras que el pequeño fue expulsado de casi todas las escuelas a las que asistió, pasando incluso por correccionales.

El hijo menor de Tony, era bastante inteligente pero problemático. Al final decidió mandarlo a Italia, con unos parientes junto con su hermano mayor.

El padre de Lía había ayudado a su amigo Tony a no perder su restaurante, pero sobre todo lo había ayudado a salir del alcoholismo y a rescatar parte del patrimonio que aún le quedaba.

Sus hijos ya lejos de su padre y en tierras extranjeras tomaron rumbos diferentes, ambos lograron recuperar y multiplicar la fortuna de su padre convirtiéndose en hombres exitosos.

Tony Visconti solía visitar a la familia de Lía muy a menudo, pero Lía nunca conoció a sus hijos por obvias razones. No fue hasta el día en que descubrió a Massimo, el hijo menor de Tony en aquel enorme jardín de la casa palaciega, cuando supo la triste historia y terminó enamorándose de él perdidamente.

El Viejo Tony nunca le tocó el tema a Lía ya de adulta, aunque siempre supo del amor que ella le había profesado a su hijo, ambos padres lo supieron siempre.

Tony guardaba la esperanza de que se encontraran nuevamente, aunque él tuviera que darles un empujoncito. Ella era casi la hija que nunca tuvo.

Lía se preparó esa noche a conciencia, sus labios lucían una barra de color rojo y un maquillaje muy diferente al que solía usar de día. Sabía que las posibilidades de encontrarse con Massimo eran muy altas, pues era el aniversario de su padre, así como también seguramente conocería a su prometida.

Tenía muchas dudas, sentimientos encontrados. Por una parte, deseaba verlo de nuevo, pero por otra parte no sabía hasta qué punto le afectaría que estuviese con otra mujer.

Escogió un vestido de un color rojo intenso, sostenido por dos finos tirantes anudados a su cuello, mostrando un hermoso escote en la parte frontal, sus hombros y toda su espalda estaban descubiertos mostrando más piel de la que solía mostrar normalmente, no llevaba sostén, no lo necesitaba. Por si fuera poco, el vestido era corto y se ajustaba a sus caderas como una segunda piel.

En la parte alta de su antebrazo, lucía un brazalete griego de color dorado a juego con unos aretes bastante largos, su melena lisa estaba recogida en lo alto de su cuello. El vestido era una provocación, era piel y más piel y lo sabía, pero era la primera vez que sacaría ventaja de lo que poseía, unas sandalias altísimas con tonos dorados completaban el atuendo. Todo el conjunto le hacía a Lía unas piernas largas e interminables.

Isa y Paola, ya se encontraban con unos amigos en el lugar, así que se apresuró a entrar.

Una voz amable la recibió abriéndole la puerta y saludándola en la entrada.

—Hola, buenas noches y bienvenida a The little Toscany, adelante —sonreía la camarera.

—Gracias, —contestó Lía, dio un paso adelante, tomó aire y caminó erguida hacia donde se encontraban todos los invitados.

Pensó en ir acompañada, tenía el número telefónico de varios hombres y clientes que siempre la invitaban a salir. Solo una vez accedió a salir con un cliente, pero sabía que podía interpretarse como que ella estaba interesada en ellos y al menos en ese momento, no deseaba ver a nadie.

Una voz conocida salió a su paso.

—¡Hija mía! ¡Qué gusto me da que hayas venido! —Tony llegó de manera efusiva hasta donde estaba para abrazarla, ella le devolvió el saludo y lo felicitó por su aniversario.

Lía notó que Tony miraba a todas partes, se encontraba también nervioso, éste trataba de advertirle que había una posibilidad de que llegara su hij… pero antes de poder hacerlo, una voz fuerte e imponente se hizo escuchar a pesar del bullicio.

—¡Felicidades, Tony! —Una voz ya bastante familiar se escuchó detrás de Lía, ella sintió su corazón desbocado, trató de recomponerse, respirar y parecer normal.

—¡Massimo has venido! Me alegro mucho de que estés aquí —le expresaba Tony emocionado, ven hay alguien que quiero que veas… Lía lo interrumpió casi de inmediato, no tuvo más alternativa que volverse y quedar frente a frente con Massimo.

—¡Hola!, Alice Walker, nos vemos de nuevo Señor Visconti

—miró a Tony que estuvo a punto de descubrirla—. Gracias Tony —le sonrió Lía con un sutil movimiento de ceja.

Su amigo entendió el mensaje, supo que su hijo aún no tenía ni idea de quién era ella. Lía había usado su seudónimo a propósito para que no se enterase, ella tendría sus motivos así que decidió no meterse en sus asuntos, ya antes había interferido y no se sentía orgulloso de eso.

Si hubo sorpresa en Massimo al verla, no lo demostró, un rostro inexpresivo la saludó.

Había estado a punto de ser descubierta, tarde o temprano sabría que era la misma chica que lo persiguió y se enamoró de él hacía ya muchos años. Lo más probable era que no la recordara. Sin embargo, no estaba preparada para enfrentarse a sus demonios o a ese demonio en especial.

Massimo no dejaba de mirarla a los ojos de manera inquisitiva, se preguntaba qué hacía ella en el restaurante de su padre, además vio la familiaridad y el cariño con que fue recibida por él.

—¿Cómo se habrían conocido? —Ya hablaría con su padre al respecto.

Massimo se dio cuenta de que aún no la había saludado e inclinando su cabeza le dijo mientras la miraba directamente a los ojos:

—Señorita Walker no esperaba verla por aquí, encantado —Lía le devolvió la mirada de igual manera.

—Yo tampoco esperaba verlo —mintió—. Supongo que compartimos el gusto por la buena gastronomía.

Tony los miró a ambos sin saber qué decir, era obvio que Lía no quería revelar su verdadera identidad, así como tampoco su hijo mencionó que él era su padre. Vaya, eso se estaba poniendo interesante, sonrió.

Ninguno bajaba la miraba, parecía un duelo entre ambos, hasta que una voz femenina decidió intervenir y hacerse notar, ella observaba a Lía y a Massimo al mismo tiempo, había ira en los ojos de Irina. A pesar de todo, trató de camuflar con una sonrisa su rencor hacia Lía.

—Yo soy, Irina Dubrowsky. La prometida de Massimo —y al decirlo ya lo estaba tomando del brazo en forma posesiva.

Llegó marcando territorio y mostrando su dedo anular en el cual exhibía su anillo de compromiso, era un diamante enorme y con su mirada retaba directamente a Lía.

—Felicidades a los dos —expresó Lía automáticamente, limitándose a ser cortés.

Tony decidió intervenir, comunicándole a Lía que sus amigas ya la esperaban en la misma mesa de siempre. Lía le devolvió la mirada con mucho afecto.

—Gracias Tony —ambos sabían que no era solamente por la información.

Cuando al fin se libró de ese momento, se dirigió hacia allí.

—¡Llegaste! —gritó Isa emocionada

Isa y Paola se encontraban con el equipo, todos se saludaron y fue Lía quien habló.

—Vamos chicos, ¡todos a tomar champán como si fuese nuestra última noche, yo invito!

Massimo la había visto desde el mismo momento en que entró al restaurante de su padre. Él había llegado minutos antes, con Irina.

Estaba impresionado con la transformación, la tela de su vestido era una segunda piel, no dejaba mucho a la imaginación, ese pequeño trozo de tela apenas le cubría su trasero, sus pezones se marcaban en ese tejido tan fino, era obvio que no llevaba sostén y sus hombros y espalda estaban completamente desnudos.

Sus piernas eran interminables. Tanto hombres como mujeres la miraban, algunos discretamente otros más descaradamente, era la mujer más atractiva de todo el lugar, caminaba con mucha gracia, ajena a todas las miradas y comentarios y sólo se detuvo cuando vio a Tony, su padre.

Desde que la había visto por primera vez en su negocio, había notado que tenía ese efecto en las personas, aun cuando vestía de manera sobria lograba siempre llamar la atención de los demás y en ese momento no solo la miraban, la admiraban y otras personas la envidiaban. Era la mujer más guapa y el deseo de la mayoría de los hombres presentes.

Nunca pensó que la encontraría en el restaurante de su padre, ¿qué sabría él de ella? Esa mujer en realidad era un enigma para él, necesitaba hablar con ella, pero a solas.

Él no creía en el amor o la monogamia, sus relaciones siempre fueron abiertas porque consideraba que no se debía limitar el deseo y la pasión, por un tiempo creyó lo contrario, pero la realidad y la vida lo habían cambiado, nacimos libres y libres tenemos que vivir. Ese fue siempre su lema, ahora ya empezaba a ponerlo en duda.

La observaba y no podía más que pensar en cómo quisiera tenerla cerca, los hombres se acercaban a su mesa y el sufría cada vez que veía la escena, afortunadamente ella los rechazaba de forma educada.

Estaba con su prometida, Irina no se merecía eso, ambos se conocían de muchos años atrás, cuando la ayudó a salir de problemas y adicciones y ella logró grandes contratos para su empresa. Entonces, ¿por qué estaba haciendo un esfuerzo sobrehumano para no correr hacia donde estaba ella?, era la primera vez que sentía impotencia. Estaba desconcertado.

Le había molestado la manera posesiva en que Irina se había presentado ante ella, era la primera vez que le veía esa actitud. Normalmente, no era una mujer celosa incluso a veces parecía como si no tuviera emociones, eso lo desconcertó un poco.

Hablaría con Irina después, se suponía que aún no darían la noticia del compromiso, no le gustaban las sorpresas y menos de esa índole.

—Lía, si sigues bebiendo de esa manera dudo que llegues a medianoche —le aseguraba Isa.

—¡Isa! Tú sabes que yo nunca me emborracho, estoy bien, no pasa nada, me estoy divirtiendo.

Todos bebían, pero la mirada de Isa se iba a otra mesa con mucha frecuencia.

—Nos está mirando ¿verdad? —Preguntó Lía

—¡Chica lista! Está mirando hacia aquí desde que llegaste. —Sonrió Isa

—Lo malo, es que la mujer no se despega de él —afirmó Paola.

Lía se levantó tambaleándose un poco de su asiento, necesitaba ir al baño, tanto Isa como Paola le preguntaron si quería que la acompañaran, pero ella insistió en que podía ir sola.

Sabía que estaba mareada, pero no quería admitirlo, con la excusa de que estaba celebrando el éxito de su libro había bebido más de la cuenta.

—¿A quién quería engañar? —Le dolía haber visto a Massimo con esa mujer, creyó que estaba preparada mentalmente, pero verlo así tan guapo y saberlo tan imposible le había oprimido el pecho.

A pesar de su estado, logró llegar hasta el baño. El problema vino después.

Cuando salió, vio mucha gente a su alrededor, tuvo suerte esquivando a la mayoría. Lamentablemente, cuando estaba de camino a su mesa, alguien la empujó y teniendo en cuenta cómo se encontraba, hasta un medio viento la tiraba al suelo.

A punto de caer, unos brazos bastante fuertes lograron atraparla y rodearla por detrás. Se topó con puros músculos, eran como un muro de contención. Él la había estrechado aún más contra su cuerpo, arrastrándola a un lado.

Massimo sintió como el vestido de Lía se había subido lo suficiente como para saber que lo único que lo dividía de la piel de ella, era su propio pantalón. Su cuerpo había reaccionado con una tremenda erección.

—Lo que faltaba. —Resopló.

Lía también estaba excitada, no le llevó mucho tiempo

saber de quién se trataba, él estaba pegado a su trasero con tremenda erección y ella aprovechó para pegarse más.

—¡Estás borracha! —La acusó, una voz molesta y bastante conocida. Ella se dio la vuelta para mirarlo de frente.

—¡Ah, eres tú!

Estaban demasiado cerca, Lía sonrió con cierta picardía y de manera provocativa se acercó hasta su oído.

—A lo mejor si lo estoy, pero creo que es de lo último de lo que deberías preocuparte, dadas las circunstancias. —Sus ojos se posaron en el bulto que llevaba Massimo en sus pantalones—. ¿No crees?

La última frase la pronunció despacio, rozando su nariz y mordiendo suavemente el lóbulo de su oreja.

Massimo sabía que lo estaba provocando a propósito. La deseaba, quería tomarla ahí mismo, pero primero tenía que sacarla de allí.

—Nos vamos, no quiero que sigas bebiendo.

Lía se soltó y trató de seguir su camino, pero se mareó casi al instante, Massimo la sostuvo firme en sus brazos.

—No insistas en separarte, yo te llevo a tu casa y no acepto un no por respuesta.

—No deberías dejar sola a tu prometida, yo sola puedo regresar a casa.

—De mi prometida me encargo yo, afortunadamente ella sabe cuidarse sola.

Esas palabras le molestaron lo suficiente como para hacer el siguiente comentario.

—Al parecer, no siempre fue así —arremetió Lía, mirándolo a los ojos con desafío.

—¡Vaya! Veo que te has tomado la molestia de averiguar cosas sobre mi prometida, ¿desde cuándo sabes tanto de ella? No todos tuvimos una vida privilegiada, Señorita Walker.

—Al fin estamos de acuerdo en algo, Señor Visconti. Es verdad. En todo caso, seguramente ustedes dos tienen más cosas en común, de lo que se ve a simple vista.

—¿Por qué me parece escuchar ciertos celos en ese comentario? ¿Es eso lo que sientes? —Preguntó Massimo levantando su barbilla.

—¡Aquí estás! —Su amiga Isa llegó hacia donde estaban ellos

—Nos preocupamos porque no llegabas, ¿todo bien por aquí?

—Señor Visconti, un placer verlo —saludó Isa.

—Por favor, no me llames señor, soy Massimo para ti.

—Perfecto, Massimo —contesto Isa sonriente.

Lía sabía que lo hacía a propósito. A ella jamás le había dicho que lo tratara por su nombre.

—Mi amigo Carlos, se ofreció a llevarte a casa. Creo que es mejor que te acompañe alguien y no te vayas sola.

—¡No! Ella se viene conmigo. No está en condiciones de irse con desconocidos.

—¿Y se supone que me iré contigo y tu prometida? ¿En serio?

—¡A veces eres tan exasperante mujer! Espérame aquí, ya vuelvo. Yo lo arreglaré todo.

Massimo se ausentó un rato.

—¡No me lo puedo creer! —Admitió Isa—. No pensé que se ofreciera a llevarte estando con esa mujer.

—Ah, pero yo no pienso irme con él. Yo me largo antes de que venga de regreso.

—¿Pero a dónde vas? —La trató de retener Isa.

—Tú vete y si ves a Massimo dile que ya salí. No pienso subirme al mismo auto con él. No señor.

—No seas terca Lía. Al menos, te cuidará.

—Estaré por aquí. No te preocupes, tú vete.

Lía trató de irse rápidamente, pero se encontró con unos conocidos que la detuvieron y terminó accediendo a tomarse una última copa, tenía ya cierta dificultad en caminar, lo reconocía y esas sandalias no ayudaban mucho tampoco.

Se apresuró a tomarse la copa y despedirse. Luego emprendió el camino hacia la puerta y cuando ya estaba casi en la salida, un hombre se apareció, aparentemente quería que se fueran juntos a otro lugar.

Ella, por supuesto se negó, pero el hombre no se dio por vencido siendo cada vez más insistente, ya se estaba enfadando y en un tono elevado y molesto lo confrontó gritándole que se largara y la dejara en paz.

El hombre, enfadado la tomó del brazo, pero cuando Lía iba a apartarlo, hubo otro que de un solo empujón lo derribó lanzándolo al suelo de inmediato.

—¿No escuchaste a la dama? Ella te dijo que te largaras y la dejaras en paz.

Era Massimo con unos ojos que parecía que se le salían de sus órbitas. Lía recordó en esos momentos que no era la primera vez que Massimo la ayudaba. Él la miró y con un tono fuerte y autoritario le ordenó que subiera a su auto. El auto deportivo estaba ya esperándolos al frente del restaurante. Iba a negarse cuando sin previo aviso, la cargó y la depositó en el asiento delantero de su auto, un empleado sostuvo la puerta, Massimo terminó de ajustarle el cinturón, le dio una propina al empleado y se subió en el lado del conductor emprendiendo el camino.

En el tenso silencio que siguió fue Massimo el primero en hablar.

—¿Por qué no me esperaste donde te dije?

Él no la miraba, sus ojos estaban fijos en el frente, llevaba una dura expresión en el rostro. Lía lo miraba de reojo.

—No te esperé porque no fui a la fiesta contigo.

—¡Por Dios! ¿Sabes lo que pudo haberte hecho ese tipo si no llego a tiempo? —Elevó su tono de voz.

Ella se limitó a callar y a cerrar sus ojos por un momento. Su cabeza ya empezaba a darle vueltas.

Quizás se durmió porque cuando abrió sus ojos ya estaba frente a su edificio.

—¿Cómo sabes dónde vivo? —Fue lo primero que

preguntó Lía.

—No lo sabía, me lo dijo Tony antes de subirte al auto.

Bajó del auto sin esperar a que Massimo le abriera la puerta, pero él llegó a su lado en pocos segundos, la tomó de su mano y en ningún momento la soltó, ella sabía que no caminaba bien y le agradeció el gesto en silencio.

Subieron a su apartamento y cuando llegaron a la puerta ella trató de buscar la llave, pero no la encontraba. Massimo cogió su bolso y la buscó por ella, cuando por fin dio con la llave abrió la puerta de su casa.

—¡Vaya! —Fue la expresión de sorpresa de Massimo al ver el apartamento de Lía. No era como él había pensado

—Gracias por todo. Que tengas muy buenas noches. —Lía trato de cerrar la puerta en su cara.

Pero se escabulló y logró entrar antes de que ella cerrara la puerta.

—No pienso irme tan pronto. Me aseguraré de dejarte en tu cama. No quiero sorpresas después.

—¡Ah no! Tú no entrarás a mi habitación.

—¿Vives con alguien más? —Le preguntó con curiosidad.

—No, vivo sola.

La sala era muy colorida, tenía un estilo bohemio, también había plantas por todas partes.

Lía se llevó la mano a la sien, sentía fuertes punzadas en la cabeza, eso hizo que se tambaleara nuevamente.

Massimo acortó la distancia que los separaba y le preguntó preocupado qué le pasaba.

Ella estaba mareada.

—Me voy a acostar, cuando salgas cierra, por favor —le señaló la puerta.

Pero el la ignoró y se fue detrás de ella.

Antes de entrar a su habitación, se detuvo en el umbral de la puerta. Su cabeza daba vueltas, era como si fuese a caerse.

Hizo un último y desesperado intento por mostrarse normal

y despedirlo nuevamente.

Escuchó un juramento y sintió como los brazos de Massimo la cargaban y entraban ambos a su dormitorio.

Un olor a libros y a algo más llegó hasta su nariz. Encontró algunos libros esparcidos, tenía estantes con libros y un sofá bastante cómodo al lado de una ventana. La acostó sobre una enorme cama y por primera vez no se quejó, se dejó ayudar.

Lo siguiente que hizo fue quitarle las sandalias que llevaba puestas, sus pies eran muy bonitos suaves y cuidados.

—Massimo, hazme un favor —se escuchó la voz de Lía.

Era la primera vez que ella pronunciaba su nombre y le gustó cómo sonaba en sus labios.

—Pásame unas pastillas que tengo en esa mesita de noche, son para las migrañas.

Massimo fue a la mesita a buscarlas, luego a por un vaso de agua y regresó enseguida. La ayudó a tomarse las pastillas y le preguntó dónde tenía su ropa de dormir.

—Esta allí —señaló con su mano una segunda habitación adyacente a la que estaban.

Massimo se dirigió a buscarla, era más pequeña, con mucha ropa, zapatos y lencería. Mucha lencería, ¡quién lo hubiera imaginado¡, esa mujer era una caja de sorpresas.

Encontró un pijama bastante corto de algodón.

—Esto seguramente servirá —aseguró—. ¿Te puedes levantar sola?

—Sí, sí puedo. Claro. —Pero cuando trató de levantarse no pudo.

La única luz que iluminaba, era la de una lámpara. Lía sintió como Massimo se tomaba su tiempo para quitarle el vestido que llevaba puesto, mientras la dejaba con su diminuta tanga.

Un jadeo salió de la garganta de Massimo, que trataba de controlar su respiración.

Ella no solo era atractiva, tenía un cuerpo proporcionado, no era un cuerpo delgado como el de la mayoría de las mujeres con las que estaba. Era voluptuosa, sus pechos eran de buen tamaño y eran naturales, sus pezones eran rosados e invitaban a tocarlos y saborearlos, en ese momento estaban endurecidos. Así era como estaba él por segunda vez en esa noche, bastaba con ver sus pantalones, se estaba comportando como un crío, no sabía por qué no podía contenerse con ella. Era abrumador el control y poder que ella tenía sobre sus partes nobles.

Trató de ignorar sus pechos y esos hermosos pezones, así como trató de ignorar su abdomen, su ombligo. Tenía una piel muy tersa, sus caderas eran la perdición de cualquier mortal, dudo por un momento en dejarle o no el tanga, pero cuando estaba a punto de ponerle el camisón por encima, Lía con su mano logro quitárselo, poniéndole fin a su dilema.

Era una diosa y estaba completamente desnuda ante él, con sus ojos cerrados, con sus piernas un poco abiertas sin dejar nada a la imaginación, parecía un sueño...

Lo que más deseaba era tocarla, poseerla, saborear cada espacio y rincón de su piel, quería que gritara su nombre, quería volverlo a escuchar, pero esta vez suplicando porque la hiciera suya.

Ella estaba borracha y no tenía sus cinco sentidos alerta. Tendría que apresurarse e irse lo más rápido posible, o no podría frenar sus impulsos animales.

Sacó toda su fuerza de voluntad de donde no la tenía y se apresuró a terminar.

Al principio fue casi imposible, ella estaba casi inmóvil, luego empezó a notar que la estaba vistiendo y comenzó a moverse colaborando, subiendo los brazos y levantado su trasero. Era casi imposible no tocar cada parte de su cuerpo, sus manos tocaron sus pechos, sus caderas y cuando la levantó, también le tocó su trasero bastante firme.

—¡Maldición! —Masculló No podía ya con su erección.

Lía sabía que Massimo la estaba cambiando, pero no puso objeción. Le dolía la cabeza, además no le molestaba que la viera, confiaba en el plenamente.

—Acuéstate un momento conmigo, mientras me duermo.

Massimo abrió los ojos desmesuradamente, no podía creer que ella le estuviera pidiendo eso último. No pudo decirle que no, se acostó a su lado, tratando de no tocarla evitando el contacto, sin embargo, ella acercó su rostro a su cuello.

—¡Gracias! —Murmuró.

Fue lo último que escuchó de ella, porque con esa agradecida palabra se quedó dormida.

Massimo no supo cómo, pero terminó durmiéndose al lado de Lía.

Cuatro horas después se despertó, el peso de una pierna bien torneada estaba rodeándolo.

No quería que ella lo encontrara en su cama, así que contra su voluntad se levantó tratando de no despertarla y salió de la habitación sigilosamente.

Cuando amaneció y despertó Lía, él ya no estaba.

Massimo se fue a su club, llevaba un tiempo sin ir, pero necesitaba desahogarse, siempre que estaba allí se quitaba todo el estrés. No quería ir a la suite donde estaba viviendo, Irina estaba en la habitación adyacente a la suya y lo buscaba por las noches. Él la había estado evitando desde su llegada, y en ese momento entendió por qué la rechazaba.

Sabía que tendría que darle muchas explicaciones a Irina, tendría que explicar el por qué tuvo que entretenerla su padre, mientras él desaparecía de la fiesta.

Trató de pasar el resto de la madrugada con dos hermosas mujeres extremadamente complacientes y deseosas de estar con él, una de ellas era voluptuosa, pero a pesar de que el cirujano había hecho un buen trabajo, no era ni por asomo parecida a Alice. Las despidió a ambas y minutos después, fue la primera vez que no pudo seguir, en su mente solo estaba Alice Walker. Amaneció solo en la suite privada que tenía en su club.

Se duchó, se cambió y posteriormente, se dirigió a su apartamento. Iba meditando en todo lo ocurrido en los últimos días, se suponía que iba de camino a su casa, sin embargo, se dio cuenta de que no iba por la dirección correcta.

Estaba pasando por el Parque Central, bastante cerca del apartamento de Alice. Pensó en detenerse, pero luego cambió de parecer, lo mejor era pasar de largo.

A pesar de tener esa intención, hubo un par de vehículos que lo detuvieron a media calle, al principio creyó que era tráfico. No obstante, más personas se acercaban y metían en el parque, la gente empezó a hacer sonar sus bocinas y a gritarle improperios a los que tenían sus autos mal estacionados, estos salieron y los movieron, pero regresaron inmediatamente.

Vio a una anciana llorando mientras unas cuantas personas a su alrededor la consolaban. Quiso continuar e ignorar lo que había visto, pero se le hizo imposible después de aquella escena. Estacionó su vehículo donde pudo, total no estaría allí mucho tiempo.

Cuando preguntó qué sucedía, la anciana entre sollozos le contó que se le había ido Lucifer.

Lo primero que pensó Massimo fue que la señora estaba senil, pero luego logró explicarle que Lucifer se había subido y no podía bajar del árbol que ella le señalaba.

Cuando al fin ató cabos y se percató de que se trataba de un gato llamado Lucifer que estaba en la copa del árbol y no podía bajar lo entendió todo. Bueno, eso era algo normal, los gatos suelen hacer eso, seguro que alguna de esas personas trataría de subir y bajarle el gato a la anciana.

Estaba decidido a darse la vuelta para marchar cuando escuchó como un grupo de hombres hablaba de la maravillosa vista que tenían desde allí y que estaban dispuestos a socorrerla y subir al árbol de ser necesario, uno de ellos incluso comentaba que no quería ver como se destrozaba esas deliciosas piernas y ese hermoso trasero.

Instintivamente Massimo dirigió su mirada hacia la copa del árbol, donde los hombres no dejaban de mirar. Se encontró con unas piernas largas y muy bien formadas y un trasero llamativo y muy conocido.

Era ella, Alice Walker en persona la que estaba en ese árbol, con ropa deportiva y un short diminuto. Pero ¿qué diablos estaba haciendo ahí? ¿Por qué siempre se metía en problemas esta mujer?

—¡Alice! ¡Alice!¡Alice! —Le gritó Massimo varias veces.

Lía, desde arriba escuchó que llamaban a alguien, pero no se dio por aludida hasta que miró hacia abajo y vio directamente a Massimo.

Después de lo que había pasado la noche anterior, a la última persona que pensó que vería esa mañana era a él. Pero no tenía tiempo para pensar, estaba ya casi a punto de coger a Lucifer.

Logro trepar dos ramas más, hasta tocar finalmente la cola de Lucifer. Cuando lo tuvo en sus brazos toda la gente aplaudió abajo.

Ahora el problema estaba en cómo bajar, una rama en la que se había sostenido se había roto al subir, así que tenía que buscar una segunda opción.

Cuando empezó a descender, se le enganchó el pantalón, ya bastante corto, provocando que se le subiera y mostrara un poco más de pierna. El grupo de hombres empezó a aplaudir y silbar, otras personas miraban con temor.

Massimo no pudo seguir esperando por más tiempo, de seguir así iba a terminar con todo su trasero expuesto y eso no lo podía permitir.

Trepó al árbol con una agilidad asombrosa, era frondoso y alto, pero él no tuvo problemas en alcanzar a Lía.

Ella abrió los ojos desmesuradamente, no esperaba que Massimo estuviera llegando donde estaba ella y que lo hiciera con esa destreza.

—Dame al gato, fue lo primero que le dijo al llegar.

—Ah, sí, claro el gato, —contestó Lía—. Lucicito vete con el señor. No te preocupes, no te va a morder sólo es apariencia.

—No le temo a los gatos —le contestó Massimo.

—No te lo estoy diciendo a ti. —Le gritó Lía para hacerse escuchar—. ¡Vamos Lucicito!

—¡Qué bien! —Eso le pasaba por querer ayudar. Logró bajar al gato y luego subió nuevamente. La gente se alegró de ver al gato a salvo y poco a poco se fueron retirando los curiosos.

Lía se había sentado en una rama a esperarlo. Cuando el subió, ella le señaló a su lado una rama grande y bastante gruesa. Obedeciendo se sentó a su lado.

—Veo que todavía sabes cómo trepar a los árboles —sonrió Lía de forma burlona.

—¿Cómo sabes que trepaba a los árboles? —le cuestionó Massimo.

Cuando Lía se percató de su metedura de pata ya era demasiado tarde.

—Ehhh… Supongo que lo hacías de pequeño… no te imagino haciéndolo en tus ratos libres —le sonrió con sarcasmo.

Lía se reprendió a sí misma, estuvo demasiado cerca.

—Hubo un tiempo en el que me subía a un árbol grande que había en la escuela, cada vez que quería desaparecer lo visitaba, era mi escondite secreto.

A Lía se le hizo un nudo en la garganta al escuchar esa confesión, quería decirle que ella también conocía ese árbol, pero se quedó callada.

—Y tú, ¿desde cuándo sabes subirte a los árboles?, o ¿es un hábito que tienes desde que vives cerca del parque?

Su sonrisa era burlona, como solía ser siempre que le metía puyas.

—En casa teníamos árboles grandes y frondosos y desde muy pequeña me gustó trepar por ellos —fue su contestación lo más cercana a la verdad.

—Siempre amé la naturaleza, me aburrían las fiestas y a mis padres nunca les agradó la idea de que me quedara en casa mientras ellos estaban celebrando. Así que me llevaban con ellos, pero me escabullía por los jardines. La mayoría de nuestros amigos los tenían hermosos y grandes, claro que no siempre trepaba a los árboles, pero siempre me gustó estar en contacto con ellos.

Hubo un silencio. Luego fue Massimo quien preguntó.

—¿Eres hija única?

—No, tengo una hermana mayor, está casada, vive en Italia con mi madre. De todas maneras, éramos muy diferentes y desde que murió mi padre...

Lía, calló nuevamente. Estaba abriéndose demasiado y lo que menos quería era ser descubierta.

Massimo pensó en cómo la había juzgado sin saber nada de ella. Se quedó meditando esas palabras por un momento, eran tan diferentes y sin embargo, cuando estaba con ella se sentía como que volvía a casa. No podía definir el sentimiento, lo confundía enormemente y eso no le gustaba.

Lía se sentía fatal al mentir tan descaradamente y no decirle que ya se conocían, pero no podía decirle que era la misma chica que estuvo enamorada de él, no podía exponer su corazón de esa manera menos, ahora que él estaba comprometido.

—Con respecto a anoche, te quería dar las gracias por llevarme a casa, no suelo beber tanto. Estaba con mis amigas celebrando y una cosa llevó a la otra. Solo espero que no hayas tenido problemas.

Las palabras de Lía sonaban sinceras. Massimo no podía decirle que aún no había llegado a casa, al parecer ella no recordaba toda la velada, mejor así, no quería dar explicaciones de nada.

—Me alegra que te encuentres ya mejor. Bueno, es tarde, me tengo que ir —dijo Massimo.

Bajaron del árbol en silencio. Antes de despedirse, ella le agradeció su ayuda con el gato y se fueron cada uno por un lado.

Massimo se fue nuevamente con ese sentimiento de pérdida que le quedaba cuando se separaba de ella.

Lía quiso retenerlo al verlo partir, pero no podía, no debía, se repetía. Se estaba volviendo loca...

# Capítulo 8

Tyler Cass llegaba tarde a la reunión con algunos de sus compañeros de reparto. Hacía pocos días que había empezado la grabación de su última película. Minutos antes, había estado retozando en su apartamento con una de las actrices que apenas tenía unas cuantas escenas en la película, siempre trataba de no mezclarse con el elenco, aunque a veces era inevitable.

Tyler, era ya famoso gracias a la serie que lo había catapultado a la fama como mejor actor y protagonista en la cinta, Encuentros paralelos. Desde entonces, era de los actores mejores pagados y cotizados, esta vez estaba filmando en la gran manzana, New York, su ciudad natal.

El restaurante estaba a reventar, no se podía llegar sin reserva previa, la hicieron ese día, pero gracias a su fama no había tenido que esperar días o semanas como cualquier mortal. Sabía cómo sacarle provecho a su fama, en algunas ocasiones.

Era muy alto de cuerpo atlético y corpulento, facciones un poco toscas, pero en eso consistía su mayor atractivo, le gustaba vestir casual. Desde que había entrado por la puerta del restaurante no había dejado de recibir la atención y la admiración de casi todas las mujeres que estaban en el, aunque estaba claro que no eran todas, había una que no se daba la vuelta para mirarlo nunca.

Quizás, el hecho de saber que lo ignoraba, cosa que era casi imposible, le hacía sentir intrigado por ella y de vez en cuando, la buscaba con la mirada.

No podía ver su rostro, seguía de espalda. Otras personas también estaban de espaldas y sí se tomaban el tiempo para mirarlo, ella no hacía el menor esfuerzo. Tenía una melena rizada y abundante, era todo lo que podía ver.

Lía parecía que fuese la única que realmente disfrutaba de la cena, tanto Paola como Isa, apenas probaron la comida que tenían en su plato.

—¿Qué sucede chicas? ¿Por qué no están comiendo? Parece como que nadie tiene hambre en este restaurante.

Paola la interrumpió con los ojos abiertos como platos:

—En serio, ¿no sabes quién está en este restaurante?¡Es el famoso Tyler Cass por Dios! De la serie, Encuentros paralelos —anunció Isa de forma apresurada y nerviosa.

Lía se quedó de piedra en su asiento.

Sabía muy bien quién era Tyler Cass, claro que sí, o por lo menos, quién había sido. Gracias a su buena actuación, consiguió tener mucho éxito en una serie y ahora era famoso y muy cotizado en Hollywood. Paola e Isa estaban demasiado emocionadas.

—¿Ves que tenía razón? Te dije que era él y no me creíste —le insistía Paola a Isa

La que se tomó la copa de vino de un solo trago fue Lía, estaba tratando de digerir la noticia. No podía creer que su mejor amigo estuviese a pocos pasos de ella. Se habían separado casi después de que Massimo se fuera a Europa, fue en el tiempo que se quedó sola sin su padre, sin Massimo y sin su mejor amigo.

No estaba enterada de que Tyler había regresado a casa, se había preguntado muchas veces como sería volver a verlo, si la reconocería ahora que había cambiado tanto. Pero quién hablaba de cambios, si Tyler era un hombre completamente diferente, su estatura, su cuerpo, sabía que primero había hecho de extra en películas de acción, para luego obtener papeles secundarios y finalmente llegar a ser protagonista y ser reconocido hasta por la academia de actores.

Lía cada vez que leía algún artículo sobre él, se alegraba mucho, ambos habían cambiado en todos los aspectos y se sentía orgullosa de sus logros, tantos recuerdos...

Tyler de vez en cuando miraba en dirección a la mesa donde estaba esa mujer que le atraía aún sin ver su rostro, le llamaba mucho la atención, quizás era por el hecho de no haber demostrado ningún interés hacia él, no sabía de quien se trataba.

Una de las maquilladoras estaba coqueteando bastante, pero él no tenía mucho interés en ella, sus ojos siempre se iban hacia la mesa donde estaba esa mujer, sabía que no se iría de allí sin por lo menos haber obtenido su número telefónico.

Cuando miró hacia la mesa nuevamente ella ya no estaba, había pasado muy cerca sin que él se diese cuenta, alguien le había preguntado algo y lo había distraído. Esta vez, estaría más pendiente.

Lía y sus amigas habían ido al lavabo a retocarse el maquillaje y cuando regresaban nuevamente a la mesa alguien la llamó.

—¿Alice Walker?

—¿Sí? —contesto Lía rápidamente.

—Usted no me conoce, pero yo he leído sus libros y soy su ferviente admiradora —afirmó una chica de unos veinte años aproximadamente.

A su lado, se encontraba Tyler y cuando escuchó el nombre de Alice Walker miró en dirección a la voz que respondía con ese nombre, su mundo se detuvo por un momento.

Ante sus ojos tenía a Lía Caruso, su mejor amiga, ahora conocida como Alice Walker. Tyler había leído cada uno de sus libros, sabía que había estado en San Francisco, pero también se había enterado de su vuelta a New York.

Antes de acercarse, tuvo tiempo para contemplarla

detenidamente, había dado un cambio muy drástico al igual que él. Se veía muy segura de sí misma, era una mujer hermosa, siempre lo fue, pero ahora era imposible ignorarla.

Se acercó a ambas y con la misma frase que usó la chica antes, le dijo ser también un ferviente admirador con una gran sonrisa en sus labios.

Lía lo miró y con un grito de emoción y sin previo aviso se abrazaron, era como volver a su niñez, pensó Lía emocionada.

Los compañeros de Tyler se acercaron al verlo abrazado a la mujer por la que había mostrado tanto interés desde que habían llegado.

Isa y Paola estaban al lado de Lía, emocionadas también ante el encuentro de ambos amigos. Lía les contó que eran íntimos desde niños y cómo se habían separado.

—Pero mírate que guapa estás —le decía Tyler acariciando su larga cabellera. Lía no estaba acostumbrada a ese tipo de afecto, la gente empezaba a tomar fotos de ambos. Ella trató de ocultar su rostro, después de todo había mucha gente y no tenía ningún interés en salir en alguna portada de revista. Sabía que las cámaras adoraban a Tyler y éste notó que ella trataba de ocultarse.

—Lo siento, por un momento olvidé que estamos en un lugar público. ¿Cómo estás? —Le preguntó Tyler.

Sus amigas los miraban con cierta envidia, había afecto y cariño en ambos. También pudieron notar que en Tyler había un interés quizás más especial, o tal vez era por su forma tan expresiva de demostrar su afecto.

Tyler tuvo que contenerse para no besar a Lía en ese momento, desde pequeño estuvo enamorado de ella, lo que menos había imaginado era que se encontraría en ese lugar con su querida Lía, esta vez ambos eran adultos y por lo que sabía ella seguía soltera.

La presento a sus compañeros de elenco como Alice Walker la escritora y como su mejor amiga de infancia, la invitaron a su mesa y ella les presentó a sus amigas y socias.

Fue una noche larga, de esas que deseas que no acaben nunca, hablaron de todo. El aprovechó para invitarla a un recital al día siguiente, ella no dudó en aceptar, estaba emocionada por los acontecimientos y se despidieron en la puerta de su apartamento, desde un principio insistió en acompañarla.

Al día siguiente, estaba en todos los medios el compromiso de Massimo con la modelo, era una noticia a voces, ahora ya era oficial.

Paradójicamente, de manera simultánea publicaron las fotos de Tyler junto a ella en el restaurante donde se reencontraron, eran fotos desde diferentes ángulos. A pesar del esfuerzo que hizo la persona que tomó las fotografías el rostro de ella no era tan visible, su cabellera había servido para ocultar su identidad, hablaban de Tyler y su nueva conquista y se veían abrazándose.

Se leía así:

**¿Quién es la nueva dueña de su corazón?**

*Tyler Cass se vio muy bien acompañado en un famoso restaurante de la gran manzana, nadie sabe quién es ella o de dónde salió, todos estamos intrigados, ¿quién será la mujer que robó esta vez el corazón del play-boy del año?*

Lía asistió al recital con Tyler, ese día ambos vistieron de forma informal, se presentó un grupo de rock alternativo de los años noventa, ambos gritaron saltaron y al final terminaron abrazados cantando a capela los éxitos de la famosa banda de rock. Lía acabó sin voz, pero feliz y Tyler no recordaba cuándo fue la última vez que se divirtió tanto, luego para recordar viejos tiempos terminaron la velada en el apartamento de Lía tomando helado hasta la madrugada y viendo películas románticas. Cuando ya casi estaba amaneciendo, Tyler se había ido finalmente del apartamento.

A la semana siguiente, Lía recibió un enorme ramo de rosas junto a una invitación, era del famoso pintor Giovanni Rivaldi. Lo conoció en Inglaterra, años atrás, salieron un par de veces como amigos, ella lo admiraba como pintor y el elogiaba su trabajo como escritora, era algo parecido a una amistad platónica. Lo recordaba como un hombre espectacular, en una ocasión el aseguró que un día la dibujaría, que poseía un rostro hermoso, serás mi musa fueron sus palabras.

Él estaba de visita en Manhattan y era muy reconocido a nivel mundial. La invitación era para una exposición y también a beneficio de alguna organización, sus pinturas serían subastadas esa noche. Casualmente ese mismo día llamó su amigo Tyler para invitarla a la misma exposición, sabía que Lía amaba el arte y Tyler era un invitado especial, amigos compañeros y conocidos estarían presentes allí.

Lía sabía lo que eso implicaba, Isa y Paola estaban emocionadas por ella.

—Claro que tienes que ir —insistió Paola—, qué importa que crean que son pareja, ambos están solteros, no tienes que darle explicaciones a nadie, ¿te imaginas entrando de la mano de Tyler Cass?

—Tan tan taran, tan tan taran, ay no esa es para las nupcias.

—¡Paola no seas tonta! —Se burlaba Isa.

—Entonces que quieres ¿qué les toque la cucaracha? —Las risas se escuchaban en toda la oficina.

—¿Qué podía pasar? —pensó Lía, después de todo solo era amiga de Tyler.

Ese día se decidió por un vestido de encaje de color negro, confeccionado a mano, cada puntada era más delicada que la otra, ajustándose y tallando cada línea de su cuerpo, lo más impresionante era su escote pronunciado y unas sandalias de tacón alto tejidas a mano con el mismo material que el vestido. Parecía una princesa con su atuendo y así se lo hizo saber su amigo Tyler, quien llegó a recogerla a su apartamento. Estaba impresionado al verla, todo en ella era delicadeza y elegancia. Tyler lucía elegante y muy atractivo, ambos se fueron juntos. Durante todo el camino, Lía estuvo tranquila, hasta que llegó el momento de entrar a la galería.

Trató de ocultarse detrás de Tyler para evitar las fotos, pero era casi imposible, los periodistas estaban por todos lados, tanto la exposición como los invitados eran muy importantes. Muchos famosos y no tan famosos estaban en esos momentos en la galería, la mayoría de los cuadros serían subastados y estos tenían precios incalculables, las ganancias iban destinadas a una organización muy famosa sin fines de lucro.

Reconoció muchas de las caras, famosos, políticos, artistas, actores y muchos empresarios.

Tyler su amigo, había causado furor como siempre que llegaba a algún lugar. A pesar de que las mujeres lo querían acaparar todo el tiempo, él no se apartaba de ella en ningún momento. Los periodistas se abalanzaron sobre ellos como tiburones, haciendo todo tipo de preguntas indiscretas, Tyler la presentó en todo momento como su amiga Alice Walker, escritora. Algunas personas sabían de sus libros y de su trabajo, pero no la conocían a ella por la vida que llevaba, pocas veces mostraba su cara, a pesar de que sus libros si eran conocidos.

Llegó hasta donde estaba el mismo Giovanni Rivaldi, que la saludó de manera efusiva inmediatamente nada más verla y se fundieron en un gran abrazo. Lía estaba muy emocionada de volver a verlo.

—De no estar acompañada de nuestro amigo Tyler, te robaba esta noche —le susurró al oído el pintor.

Sonreía contenta de ver a su amigo, algunos hombres

trataban de acercarse a ella, pero siempre respondía con una sonrisa, Tyler se encargaba de alejarlos tomándola de la mano y marcando territorio. La gente también se acercaba para pedirle autógrafos, y fue cuando Lía aprovechó para separarse.

Caminó y observó muchas pinturas una a una, hasta que llegó a una habitación grandísima donde había menos gente, se distrajo completamente, olvidando su entorno, tenía frente a ella una pintura en particular que le llamó mucho la atención.

Era de una adolescente un poco regordeta con unas mejillas sonrosadas y cabello alborotado, vestida de blanco, sentada sobre un campo cubierto de flores y en sus manos un ramillete de flores silvestres. Frente a ella un hermoso lago salpicado aún por los rayos del sol a punto de ocultarse. La pintura mostraba a una chica inocente y con muchas ilusiones.

El tiempo pasaba y Lía seguía embelesada, absorta, contemplando la pintura hecha en óleo.

Massimo llegó a la galería junto a Irina. Poco tiempo después de ellos había llegado alguien al parecer muy famoso porque todos estaban tratando de acercarse a ellos y sacar fotos. A Massimo normalmente no le interesaba eso, pero le llamó la atención la mujer que apareció de pronto en la galería.

Era una fémina que robaba todas las miradas, no solo por su atuendo o por su elegancia, era una belleza diferente que transmitía seguridad en cada paso que daba, la siguió con su mirada solo para descubrir que se trataba de Alice Walker.

No importaba a qué lugar llegara o dónde se encontrara, siempre era lo mismo. Sus ojos se desviaban hacia ella, había un magnetismo en ella. Era como si su mente la reconociera mucho antes de verla.

Irina se encontró con muchas personas del mundo de la moda, Massimo saludó a muchos conocidos, pero no podía dejar de buscar a Alice con su mirada. Cuando tuvo la oportunidad se alejó y se fue en su busqueda, ella seguía en el mismo lugar donde la había visto anteriormente, con la mirada fija sobre ese cuadro en especial, se trataba de LA CHICA FRENTE AL LAGO una pintura al óleo.

La mirada de Lía observaba cada detalle de esa pintura. Sin embargo, era obvio que su mente estaba en un lugar donde en esos momentos nadie podía penetrar.

La pieza estaba vendida y Massimo era el acreedor de dicha pintura, era la única que no sería subastada.

Cuando finalmente salió de su ensoñación fue cuando escuchó la voz de Massimo que se había detenido a su lado.

—Veo que te gusta mucho la pintura —afirmó Massimo.

Lía se sorprendió y lo miró con cara de asombro, realmente lo que menos esperaba es que el estuviese en ese momento allí, era como si ella lo hubiera invocado por medio de esa pintura. Trató de restarle importancia, pero Massimo sabía que estaba impresionada.

—No pensé que te vería tan pronto —comentó Massimo, sin dejar de mirar la pintura.

—Yo tampoco —susurró Lía.

Massimo miró a Lía de forma íntima y a pesar de que la habitación era enorme y había más personas, sentía como si estuviesen solos los dos en ese gran salón.

Pronto se escuchó por un altavoz que la puja por las pinturas iba a comenzar ya.

La gente comenzó a salir para reunirse en el salón principal de la galería, donde se llevaría a cabo la subasta.

Cuando Massimo le preguntó si participaría, Lía le comunicó que no, ella iría más tarde, no quería que Irina o Tyler los vieran llegar juntos.

El entorno de esa pintura le era tan familiar, la miró por última vez y luego siguió al resto de los invitados al gran salón.

La galería estaba repleta de gente, el presentador de la subasta, dio las gracias a todos los asistentes. Segundos después, presentaba al famoso pintor Giovanni Rivaldi, gracias a él se llevaba a cabo el evento.

—Como verán todas las pinturas están en exhibición para el público y podrán pujar por la que más les guste. —Los presentes aplaudieron mientras continuaron dándole la bienvenida al famoso pintor.

El agradeció su lealtad a todos los asistentes, así como también el enorme apoyo a su trabajo y a una pintura que tenía un significado especial: LA CHICA FRENTE AL LAGO.

—Sé que muchos se han acercado para poder adquirirla, pero ésta fue vendida con anterioridad. Hay muchas más pinturas que espero sean también de su agrado y recuerden, lo recaudado va para una organización sin fines de lucro.

Ahora quiero agradecer uno a uno a los amigos e invitados especiales.

Lía se había sentado al lado de Tyler, a pocos asientos de donde se encontraban Massimo con Irina. Al principio trató de aparentar que estaba sola, pero Tyler hablaba constantemente con ella.

Giovanni fue mencionando diferentes nombres y todos se iban levantando de sus asientos mientras la multitud aplaudía, mencionó a Massimo y a Irina como amigos y especialistas en arte. Lo que no imaginaba Lía, es que su nombre estuviese en esa lista.

—Quiero agradecer también a mi gran amigo, al que estoy seguro muchos conocen, al actor Tyler Cass. Volvió a su ciudad natal y pronto lo veremos nuevamente en una nueva película, él ha venido acompañado por la bella: Alice Walker, escritora y publicista, para aquellos que no les suene mucho el nombre, déjenme decirles que es la escritora de los bestseller: BAJO EL CANTO DEL RUISEÑOR o RUIDOS A LA MEDIANOCHE, entre otros. Debo decir que esos dos son mis favoritos, —hizo una breve pausa—. ¡Lía eres un amor! —agregó el pintor extendiendo sus brazos hacia ella.

Lía se levantó de su asiento junto a Tyler, le sonrió al público y extendió sus brazos en forma de reciprocidad hacia el pintor, todavía seguía sonriendo cuando sintió la mirada inquisitiva de Massimo.

Estaba hecho, no había vuelta atrás, se armó de valor y le devolvió la mirada, él la miraba a ella y alternativamente miraba a su lado, también sabía quién era Tyler, de eso ya no le cabía la menor duda.

Una mancha de carmín se asomaba cerca de sus labios, o al menos eso fue lo que le dijo Tyler cuando la limpió con su pulgar muy cerca de su boca y de manera muy íntima. No sabía por qué había hecho tal cosa, cuando todos tenían sus ojos puestos en ellos. La prensa estaba por todos lados, a él no le convenía, tenía muchas fans a las que no les iba a gustar o al menos eso creía Lía, pero por ese y otros gestos que hizo parecía como si realmente quisiera que pensaran que entre ellos había algo.

Todas las miradas estaban puestas en ellos, las luces de los flashes en las cámaras no cesaban. Tyler y Lía robaban toda la atención y así fue durante toda la noche.

A Lía no le gustó el sentimiento de culpa que empezó a sentir por haberle ocultado la verdad a Massimo, pero ya era demasiado tarde, no podía llorar sobre la leche derramada, recordó cómo solía ser ella la que iba tras él siempre, la que lo miraba de soslayo, la que demostraba interés en todo momento. No tenía por qué sentirse mal, a estas alturas seguramente ya solo era un vago recuerdo para él.

Ambos llevaban vidas diferentes, trató de recomponerse y sonreír especialmente a Tyler que no dejaba de bromear con ella todo el tiempo.

Cuando Massimo escuchó el nombre de Lía supo de quién se trataba rápidamente, un cúmulo de recuerdos vino a su mente.

Tyler se había acercado a él, a Massimo le llevó un rato reconocerlo, casi lo había olvidado, lucía diferente, aunque al mirarlo detenidamente su rostro no había cambiado mucho.

El cambio radicaba más en su cuerpo, era un hombre popular y atrayente para el sexo opuesto, más aún siendo un actor con cierto renombre, reconoció. La misma Irina era admiradora suya. Lo que no entendió fue lo que le dijo al oído:

—¡Gané! Ahora es mía. —Pronunció esas palabras y desapareció.

A Massimo le pareció absurdo, no tenía tiempo para detenerse a pensar en tonterías, creyó que se refería a cuando tuvo que irse a Europa y él se quedó al lado de Lía.

No lo había vuelto a ver desde la escuela, por lo tanto, era irrelevante su comentario.

Pero ahora, todo cobraba sentido. Supo que había algo en Lía desde que la conoció, recordó las fricciones que tuvieron desde un inicio. Se había convertido en escritora. Desde un principio sintió atracción por ella, ¡por Dios!, la tuvo tan cerca todo ese tiempo y prefirió ignorar todas las señales. ¡Maldición! Esa mujer era su topolina. Su búsqueda había concluido.

Al terminar la subasta, Lía hizo lo imposible por hablar con Massimo, se sentía culpable. Sin embargo, todo fue en vano, Irina lo había acaparado todo el tiempo y para ser sinceros Tyler también había reclamado toda su atención, se sintió frustrada y molesta, ya no deseaba estar en ese sitio, quería irse. Por fortuna, Tyler tenía que empezar a grabar muy temprano al día siguiente, así que se habían ido pronto.

# Capitulo 9

Tenía sus manos cerradas en un puño y su ceño fruncido, se enteró de que había sufrido un accidente y había muerto su padre, la llamó varias veces, pero su madre nunca le pasó las llamadas a pesar de dejarle mensajes.

Quiso saber de ella y buscó a Tony, pero éste le dijo que ella ya tenía novio que se olvidara de ella.

Cuando ya había acumulado su fortuna y se había hecho un nombre quiso buscarla, pero a pesar de todo el esfuerzo no la encontró por ninguna parte, era como si hubiese desaparecido.

En su lugar, se encontró a su hermana mayor, a Dafne. La contactó por Instahot, al principio se mostró encantada incluso le hizo muchas preguntas, pero cuando fue al grano y le preguntó directamente por Lía, ella se mostró cortante y bastante molesta. Luego le aseguró que Lía estaba casada con un italiano y embarazada. También, muy pronto se iría a vivir a Italia.

No pudo más que pasar página y continuar, tuvo épocas muy oscuras en su vida y solamente el recuerdo de Lía lo hizo salir de esa oscuridad y caos.

Después de eso, cambió su vida para siempre. Empezó a acostarse con cuanta mujer le gustaba, no le importaba nada. Empezó a visitar los locales de intercambio, las mujeres siempre lo siguieron y nunca tuvo problemas para tener compañía, fue así como llego a conocer a Irina en una de esas fiestas alternativas.

Lo demás era historia, por eso se había llevado bien con Irina desde un principio, ninguno tenía expectativas de nada, ninguno creía en el amor y tenían una relación abierta, se conocían muy bien y los dos tenían muy buen olfato para los negocios, eran una buena combinación o eso había tratado de creer hasta ahora.

Ahora podía entender lo que sucedió, ella era escritora y usaba un seudónimo.

El día siguiente de la fiesta, su rostro estaba en todas partes junto al de Tyler, recibió llamadas de todo el mundo para que les concediera una entrevista, se hablaba de las evidentes muestras de cariño y el amor que se profesaban ambos.

Hubo una foto en particular que se había viralizado, donde parecía como si estuviesen besándose, ella recordó que él había dicho algo, pero al no poder escucharlo bien por el ruido que había en el lugar se había acercado a su oído. Sin embargo, por el ángulo en el que había sido tomada la foto parecía de todo menos una conversación.

En otra foto donde casi tropieza, Tyler le había pasado el brazo por su hombro de forma protectora, luego le preguntó si se encontraba bien y ella le había sonreído y ese momento fue captado e inmortalizado por los medios.

Cuando estaba a punto de irse a su trabajo, fue su amiga Isa quien la llamó para informarle de que los periodistas estaban acampando en la entrada de la oficina, preguntando a todos los empleados acerca de ella y su relación con Tyler.

Ese día, también recibió muchos correos electrónicos, sus páginas de escritora que eran las que usaba en las diferentes plataformas digitales estaban llenas de mensajes, invitaciones y seguidores, dejó de leer los mensajes, los correos y contestar llamadas, solamente contestó una, la de su editorial.

—¡Lía! ¿Dónde estás? —La voz de su agente se escuchaba preocupada.

—En mi apartamento —contestó ella rápidamente—. ¿Por qué, sucede algo malo?

—¡Qué bien! No, al contrario, lo que acabas de hacer te ha puesto en la boca de todo el mundo, es el momento perfecto para que empieces a dar entrevistas y reveles tu identidad en *El Club del Señor V.* Pero primero, tienes que hacer oficial la relación con Tyler, después cerramos con broche de oro anunciando el libro. ¡Estamos encantados con estas novedades! ¡Eres única! ¿Sabías? ¡Esto sobrepasa nuestras expectativas! Estamos todos felices, así que avísanos, necesitamos una fecha y tiene que ser lo más pronto posible, mientras tanto nos prepararemos con todo. No otorgues ninguna entrevista ¿de acuerdo? Nosotros te diremos cuándo y cómo, escóndete debajo de las piedras si es posible. Felicidades por ese novio —se escuchó antes de cortar la llamada.

Lía apenas pudo decir una palabra, todos daban por hecho que estaba con Tyler hasta su editorial. ¡Estaba perdida! ¿En qué momento se metió en tremendo embrollo?

Ese día habló con Tyler y le pidió que no fuese a su apartamento, lo que menos quería era que lo siguieran. Hasta ese momento, todavía no había visto ningún medio fuera de su edificio, pero ella tampoco había salido.

Se quedó en su apartamento durante tres días, aprovechó para empezar a escribir. Sabía que no podía salir porque corría el riesgo de ser reconocida, hasta en el telediario había salido su foto.

La leche y el pan se habían acabado, pensó en pedirlo a domicilio, pero extrañaba salir, aunque fuese un ratito al supermercado, que estaba apenas a unas manzanas de su apartamento.

Llevaba un vestido blanco y fresco con sandalias planas del mismo color, para complementar su atuendo un fular blanco con flores amarillas en su cabeza ocultando su cabello largo y rizado, unos lentes anchos y oscuros y como el día era soleado lo acompañó con un sombrero para cubrirse del sol.

Parecía una chiquilla con ese vestido, lo había comprado en una feria junto con las sandalias, solía usarlo solo en casa. Con ese vestido parecía más la Lía de antaño, solo esperaba que nadie se fijara en ella.

Nadie la asociaría con la misma mujer que había asistido a esa galería junto a su amigo Tyler.

La odisea comenzó desde que salió por la puerta de su casa, su primer problema la vecina Maggie, la anciana mamá de Lucifer, desde que la vio, Lía trató de escabullirse y pasar desapercibida, pero le fue imposible.

—Alice ¿eres tú? —Gritó a todo pulmón Maggie o la sevillana como le gustaba que le dijeran, con su acento bien marcado.

Lía no tuvo más remedio que regresar y saludarla.

—Sí, soy yo —añadió sonriente.

—Pero hija ¿a dónde vas tan deprisa? Que te vi en el noticiero de la tarde, mira, que te vi con ese guapo. ¿Cómo es que se llama? —preguntó chasqueando sus dedos—. Ah, sí ese tal Tyson, aunque a decir verdad a mí me gustó más el otro, el del parque, ¿tú sabes a quién me refiero? Ese que me ayudó a bajar a mi Lucifer, ese que se veía muy bien equipado.

—¡Maggie! —Lía tuvo que interrumpirla con una sonrisa. Era difícil resistirse a la sevillana, una señora muy abierta de mente y única. Como ella misma solía decir: *«ella podía decir y hacer todo lo que quisiera, ya a su edad, todo estaba permitido».*

—No sé si volveré a ver a Massimo, y no es Tyson, es Tyler. Además, es solamente un amigo. —Le aclaró Lía mirando su reloj y tratando de terminar la conversación lo más pronto posible, no quería que nadie la viera—. Lo siento Maggie, me tengo que ir, es que llevo un poco de prisa voy a comprar al supermercado que está aquí cerca, aunque la verdad no se si hay periodistas —las últimas palabras las pronunció con cierta duda en su voz y mirando a todos lados

—Quieres que te ayude a salir, ¿verdad? Yo te ayudo,

ahora llevaba a mi Lucifer a pasear al parque. ¡Tengo una idea! —Murmuró Maggie en voz baja—. Quédate detrás de mí y yo te avisaré si hay periodistas ¿de acuerdo? ¡Ay! ¡Qué emocionante se está poniendo todo esto, ¿verdad Lucifer? —Le hablaba Maggie a su gato mientras éste muy educado caminaba al lado de ella.

Lía no sabía con qué se encontraría, pero pronto descubrió que efectivamente estaban varios periodistas a las afueras de su edificio.

—No te preocupes —le seguía diciendo Maggie, dándole una palmadita en la espalda—, tu déjaselo a la sevillana, vete para allá que ya me verás a mí en acción pequeña.

Cuando Maggie salió del edificio y vio a los periodistas, empezó con su teatro.

—¡Madre mía!, pero ¡qué es este calor! Que yo me desmayo.

Por supuesto, la gente se había acercado hacia ella para saber qué le pasaba, Lía también pensó que le pasaba algo y estuvo a punto de detenerse, pero fue cuando Maggie empezó a gritar.

—¡Vete ya! ¡Vete calor, vete! ¡Alguien que me ayude! ¡Me voy a desmayar! ¡Madre mía!

Gritaba Maggie mientras se ponía una mano sobre su sien, claro que nunca logró llegar al suelo, un par de buenos samaritanos lograron llegar a tiempo antes de que cayera.

La gente se había aglomerado y todos los periodistas que se encontraban a las afueras del edificio se acercaron para auxiliarla.

Lía apresuró el paso y aprovechó para salir en ese momento del edificio, hasta que al fin logró alejarse lo más que pudo del lugar. Maggie la había salvado.

—Lo menos que puedo hacer es hornearle un pastel de manzanas en cuando pase este jaleo. —sonrió Lía.

Compró apresuradamente, temía que la vieran, aun cuando nadie le ponía atención.

Pagó y salió del supermercado, empezó a caminar y se preguntó cómo haría para volver. Pensó en pasear un poco por el parque y esperar hasta que oscureciera, tal vez se cansaran y de tanto esperar se marcharían.

Llamó a sus amigas Isa y Paola, pero ambas estaban lejos y se detuvo. Ya estaba a escasos pasos de su edificio. Andaba todavía deliberando si se enfrentaba a ellos o no, cuando un auto que no reconoció se detuvo a su lado, lanzó una mirada temerosa hacia el auto y aceleró el paso, pero en cosa de segundos alguien se acercó demasiado para su gusto. Pudo sentirlo, un brazo fuerte le dio alcance por atrás y la arrastró a un lado de la calle, ella quiso gritar, pero él fue más rápido.

—Shhhhh, ¡no grites! —Susurró Massimo con una voz suave cerca de su oreja, mientras cubría su boca con la otra mano para acallarla.

Lía pudo sentir la respiración agitada de Massimo, estaba rodeada por sus brazos y a escasos centímetros de su barbilla partida.

Su pulso estaba acelerado, sentía su olor y su cercanía estaba haciendo estragos en ella, estaba temblando. Afortunadamente, Massimo lo atribuyó a la tensión que estaba viviendo en esos momentos.

—Ven —le dijo—, ¡sube al auto! —Abrió la puerta del pasajero y Lía entró sin mediar una sola palabra.

El trayecto fue en silencio, Lía no tenía ni idea hacia donde se dirigían, pero no le importaba, una vez más se sentía segura con él, aunque no relajada. Todo su cuerpo seguía tenso.

Él no decía nada y eso la ponía peor, de soslayo miraba su rostro cincelado y bronceado, su cabello negro que a la luz del sol tenía tonalidades un poco claras, sus ojos se le veían cansados y un poco ensombrecidos, quería besarlos, luego saborear esos labios carnosos y pasar su lengua por su barbilla partida, tenía una incipiente barba que estaba haciendo estragos en ella en esos momentos.

No podía dejar de observarlo, aunque trataba de hacerlo a hurtadillas.

Finalmente detuvo el auto.

Apagó el motor, se giró hacia ella y se inclinó hacia adelante, Lía retrocedió de golpe.

—¿Estás satisfecha con lo que ves o quizá te gustaría seguir mirando más? —preguntó mientras con su mano izquierda abría los primeros botones de su camisa.

—¡No! —Lo detuvo Lía, pero en el brusco movimiento había tocado el pecho de Massimo.

El momento fue tan íntimo, que de pronto el auto se le hizo demasiado pequeño, sintió que le faltaba el oxígeno. Lo siguiente que pasó fue que terminó abrazada a Massimo, pero no por los motivos que ella hubiese querido, sino porque cayó desmayada ante él.

Despertó en una habitación hermosa, muy grande, pero sin ningún objeto personal, sábanas limpias y blancas y con mucha luz, trató de recordar que había pasado y lo último que vino a su mente fue cuando estaba en el auto de Massimo.

¿Dónde se encontraba? ¿Sería la casa de Massimo? Pero ¿dónde estaría su prometida? ¿Qué le había pasado? Trató de levantarse, pero una mano la detuvo, Massimo estaba a su lado, la miraba de manera extraña y ella odiaba cuando no podía leerlo.

—¿Dónde me encuentro? —preguntó Lía, mirando a su alrededor.

—Estás en mi casa —contestó Massimo pasándose la mano por su cabello oscuro.

Lía lo miró confundida.

—No quiero estar aquí, llévame de regreso a mi apartamento, no sé cómo te atreves a traerme al mismo lugar donde está tu prometida —su voz mostraba desaprobación y malestar.

—Irina no está en casa. —Fue todo lo que contestó—. Te espero abajo, no tardes mucho, tenemos una conversación pendiente —su voz era inexpresiva.

Cuando se levantó, algo llamó su atención, era LA CHICA

FRENTE AL LAGO, ahí estaba otra vez la pintura, la contempló por un momento, pero el ruido de afuera la distrajo e hizo que Lía mirara por ese gran ventanal que iluminaba toda la estancia.

Fue así como descubrió una legión de empleados trabajando en la casa y en el jardín, que a pesar de estar descuidado seguía siendo precioso.

Un momento, se detuvo Lía ¿cómo sabía ella que era un jardín precioso? Bajó rápidamente, casi corriendo, Massimo la esperaba en el vestíbulo, pero Lía fue directamente al jardín y caminó sin detenerse. Escuchó su nombre, pero no se detuvo, siguió caminando hasta llegar al lugar donde había comenzado todo.

El lugar donde vio a Massimo por primera vez.

Él se encontraba detrás de ella, la había seguido por todo el jardín hasta llegar finalmente al lago. Lía contemplaba todo en silencio. Miró a Massimo y vio la verdad en sus ojos.

Ella era la chica frente al lago, era el mismo jardín, el mismo lago. Ella se había entretenido oliendo unas flores y se había sentado en el pasto cerca del lago para contemplarlo, antes de escucharlo a él discutir con aquella mujer.

—Sí, eres tú, yo te vi antes de que me descubrieras con Martina —le confesó Massimo—. Ya había discutido previamente con ella, cuando traté de evitarla me vine a los jardines, pero me encontré con que tú ya estabas aquí observando el lago. Se te veía tan inocente... No sé por qué, todavía me lo pregunto, pero te tomé una única foto, la calidad no era la mejor en ese entonces, pero igual la conservé. Luego, cuando me fui de aquí, descubrí que aún la tenía conmigo y era lo único tuyo que poseía para recordarte. Conozco a Giovanni desde hace mucho tiempo, así que le pedí que te dibujara, el resto ya lo sabes.

Lía ya no veía nada, le había dado la espalda a propósito, unas lágrimas rodaban por sus mejillas abriendo heridas antiguas que en realidad nunca sanaron.

El cielo empezaba a oscurecerse y a pesar de que era verano, sintió como unas gotas de lluvia caían y mojaban más su rostro, Massimo le estaba diciendo que tenían que volver.

Regresaron juntos en un silencio absoluto, otra vez la lluvia caía como lo había hecho dieciseis años atrás.

Cuando llegaron a la casa, la cena estaba preparada, Massimo le contó que la estaba remodelando antes de mudarse, nadie vivía en esa casa y nadie sabía que él la había adquirido. Era la primera persona que llevaba a su casa.

Comieron en silencio, le preguntó si quería quedarse, pero ella decidió que necesitaba volver a su apartamento, tenía demasiadas cosas en su cabeza y quería estar a solas.

El viaje de regreso también fue en silencio, no hizo ninguna pregunta sobre Tyler y ella lo agradeció. Lía simplemente se despidió cabizbaja y sintiendo como si tuviera unos cuantos años más encima. No tenía ánimos de dar explicaciones y por fortuna cuando llegó ya no había nadie en la entrada de su edificio. No tuvo que subir con ella, se despidieron y tan pronto como entró a su apartamento las lágrimas rodaron sin restricción alguna, dando rienda suelta a todos sus recuerdos, él no sólo la había recordado, la única foto que tenia de ella se había convertido en aquella pintura hermosa que muchos críticos quisieron adquirir en la galería, incluyéndose ella misma.

Ahora, tenía esa pintura y la casa palaciega con ese precioso lago donde se conocieron, pero no estaría ella, sino otra mujer.

# Capítulo 10

Tyler salió en defensa de Lía con los medios, aclarando que eran amigos de infancia, también que estaban saliendo sin etiquetas, con la mente abierta a lo que sucediera después.

Lía inmediatamente le exigió que aclarara las cosas a la prensa, por supuesto no era lo que tenía planeado, pero al menos los periodistas ya no acampaban en su oficina y en su casa, ya eso era ganancia.

Irina se había enterado de que Massimo llevó a Lía a la casa que estaba remodelando y que ella aún no conocía. Desde que vio a esa mujer en la fiesta de Tony, el padre de Massimo, supo que sería un problema.

La prometida, pagó a varios empleados de Massimo para que le informaran de todo lo que sucedía, tanto en las empresas como en la casa y le comunicaran todos sus movimientos. Ella no era de las mujeres que reclamaban nada, si hubiera sido de ese tipo de mujer ya habría sido historia en la vida de Massimo.

Tenía que saber jugar bien al ajedrez, lo conocía demasiado y sabía que con un mínimo error rompería el compromiso.

Ya no usaba drogas, pero era adicta al juego y su fortuna había mermado considerablemente. Si quería seguir teniendo el mismo estilo de vida que había tenido hasta hoy, necesitaba casarse lo más pronto posible con Massimo.

Quedarse embarazada era una de las posibilidades, aunque no sabía si podría después de unos cuantos abortos que le practicaron cuando era más joven. Y hasta eso era complicado, veía poco a Massimo y cuando estaban juntos no la tocaba, era como si no existiera para él. Sabía que el matrimonio para Massimo era una simple transacción, eso quedó claro desde el principio de la relación, así que trató de atraerlo de otras formas, invitó a parejas y a algunas mujeres para sorprender una noche a Massimo, ella junto a dos chicas más lo esperaban desnudas en el jacuzzi, él se detuvo un momento a mirarlas. En otros tiempos Irina sabía que le hubiese funcionado, sin embargo, su mente no estaba allí, esa noche las dejó en el jacuzzi y desapareció sin regresar en toda la noche.

Fue cuando supo que algo estaba mal, no sólo tenía gente pagada para que le informaran de los pasos de Massimo, también tuvo que retribuir ciertos favores al jefe de seguridad, a uno de los jardineros de la casa palaciega y al mismo detective que acababa de contratar, tenían honorarios demasiado altos así que habían llegado a un acuerdo del que se beneficiarían mutuamente. Ella disfrutaba mucho del sexo y siempre lo usó para llegar a donde quería y esta vez no sería la excepción. Llegaría hasta las últimas consecuencias. El fin justifica los medios era su lema.

# Capítulo 11

Tyler llevaba poco tiempo en NY, pero ya había roto más de algún corazón desde que se había reencontrado con Lía, eso no le impidió llevarla a las instalaciones donde estaban grabando la nueva película.

Había insistido en llevarla al set de grabaciones, ella al principio tuvo sus reservas, pero ante la insistencia de su amigo no pudo negarse.

Allí se encontró con diferentes tipos de personas, la mayoría de hombres eran amables y curiosos, hubo incluso alguno que se atrevió a preguntar directamente si estaba saliendo con Tyler de manera romántica. Una maquilladora salió de prisa casi llevándosela por delante y sin disculparse, otra actriz que tenía un papel corto en la película, evadió su mirada y se escabulló rápidamente, la actriz que hacía de doble de la protagonista en las escenas de acción fue más directa, la miró de abajo hacia arriba y cuando pasó a su lado le golpeó el hombro a propósito y nunca llegó la disculpa.

Aparte de esos «pequeños» detalles, el resto de los compañeros y equipo de producción de Tyler eran educados y la saludaron sin problema. Lía se limitó a ser amable con todos, pero trató de que la visita fuese breve.

Las ventas de sus libros iban como pan recién salido del horno, y la editorial la había llamado para informarle de que ya tenían una fecha para presentar oficialmente el libro de «*El Club del Señor V*» y a ella con su nuevo nombre: *L. C. Russo.*

Ángelo se reunió con Massimo en una de sus oficinas, para informarle de que el investigador privado ya tenía noticias importantes acerca de su dama misteriosa.

—Se encuentra de viaje, pero en dos días regresa con suficiente información —había afirmado—, así que prepárate porque ya pronto la descubriremos.

Massimo había pensado sobre el tema llegando a la conclusión de querer cancelar todo, ya le era irrelevante si ella no aparecía, al menos ya no sentía el mismo interés inicial.

—Bueno entonces esperemos dos días más, si no tiene algo importante cancelaremos sus servicios —aseveró Massimo.

—Perfecto, estoy de acuerdo contigo —asintió Ángelo.

Broadway de noche era todo un espectáculo, el bullicio y las calles atestadas de gente era lo más normal, especialmente en el verano. Tanto turistas, como sus propios residentes aprovechaban los días largos y calurosos para todo tipo de actividades. Broadway siempre fue famoso por sus teatros, y allí se dirigía Lía junto a su amigo Tyler. Después de cenar en un restaurante cercano, caminaron juntos hasta uno de los más famosos, para ver el musical de, El fantasma de la ópera.

Lía llevaba un vestido verde y corto, atado al cuello con escote en forma de V y sin sujetador. Luego, caía al llegar a la cintura con forma de vuelo en capa, sus ojos de color verde resaltaban con el color de su vestido, llevaba suelta su melena castaño claro y rizado, zapatos altos y cartera a juego.

Tyler vestía pantalones y camisa negra y caminaba con gracia y elegancia junto a ella.

El teatro estaba al menos a un noventa por ciento de su capacidad. No obstante, ellos tenían asientos en uno de los palcos para invitados especiales.

Se encontraron nuevamente con algunos compañeros de Tyler, amigos y familiares de éstos, el palco contaba aproximadamente con veinte asientos.

Antes de que comenzara la función, ya sentados en sus respectivos lugares, Lía sonreía a Tyler por algo cómico que le había dicho y notó que él estaba más posesivo y cariñoso que de costumbre. La abrazaba y a pesar que ella trataba de poner distancia sutilmente, el insistía. También, le acariciaba el cabello y el rostro sin aparente motivo. Sabía que sus compañeros murmuraban y eso la hacía sentirse incómoda, entonces, algo la hizo posar su mirada directamente hacia el palco que estaba frente a ellos.

Un par de ojos fríos ya conocidos, la observaban sin perder detalle, a su lado estaba Irina y por primera vez notó que ella también la miraba directamente y no precisamente con un rostro amigable, parecía como si quisiera reclamar algo.

¿Como era posible que ellos estuvieran allí? Un jueves por la noche. Las luces se apagaron y el musical dio comienzo.

Hubiera disfrutado más, de no ser porque tenía a Massimo y a su prometida frente a ella. Cada vez que miraba hacia su palco estaba observándola, siempre fue así, su mirada siempre tuvo ese poder e influencia sobre ella.

El telón bajó para ir a un intermedio, Lía se levantó para ir al baño y Tyler fue por unas bebidas, en el camino se separaron.

Cuando ella salió del baño y se dirigía nuevamente al palco, un olor a gas y a humo inundaba el pasillo por donde ella caminaba. Había mucha gente, la mayoría se había levantado de sus asientos, lo peor fue cuando vio que empezaba a verse una niebla de humo alrededor.

La gente empezó a correr, los gritos no se hicieron esperar, todos trataba de huir del humo y el olor a gas. El altavoz anunciaba evacuar de forma inmediata y en orden, pero el caos ya reinaba en todo el teatro.

Massimo estaba cerca de una salida de emergencia, pero ya no veía nada, su mente se concentraba únicamente en buscar a Lía.

—No puedes irte —gritaba furiosa Irina, mientras lo sostenía de un brazo—. ¡Tienes que irte conmigo, soy tu prometida!

Él ya no la escuchaba, se había soltado de ella y estaba corriendo hacia los baños, perdiéndose entre toda la gente.

Tyler buscaba a Lía sin éxito, eran mares de personas queriendo buscar las salidas más próximas.

Lía corría, pero buscaba por todos lados a Massimo, sólo esperaba que él hubiese salido ya, recordó que el palco tenía una salida de emergencia muy cerca.

Alguien gritó que había fuego y eso había provocado más caos, los gritos y sollozos y la gente buscando a su familia o amigos.

Massimo buscaba incesantemente a Lía, vio cuando se levantó para después separarse de Tyler y coger rumbos distintos.

—Lía, que no te pase nada por favor —pedía Massimo, su corazón estaba a punto de estallar, no la encontraba—, ¿y si se cayó? —Gritaba su nombre por todos lados.

A pesar del caos, Lía logró escuchar su nombre, no sabía si era por la angustia o el deseo de encontrarse con Massimo, pero hasta le parecía escuchar su voz.

Ella quiso detenerse, pero era imposible la gente la empujaba. Sin embargo, unos brazos la lograron sostener cuando estuvo a punto de caer al suelo.

Era Massimo que ¡por fin había llegado!, y estaba a su lado. Lía estaba a punto de llorar de la emoción, nunca había deseado tanto ver a Massimo. Se abrazaron sin soltarse, se sintió a salvo en sus brazos, no importaba lo que sucediera de ahí en adelante, estaba con Massimo y eso era todo lo que importaba.

Él la llevó casi arrastrada por el tumulto de gente hasta una salida de emergencia que conocía.

Cuando finalmente salieron abrazados, Massimo no se detuvo. La gente había quedado atrás, sin embargo, Lía seguía abrazada a él. No quería separarse y el tampoco hacía nada para separarla.

Massimo se paró un momento para preguntarle cómo estaba, entraban en un callejón oscuro. Lía no podía caminar más, no sabía cómo era que todavía tenía los zapatos puestos, pero no se quejó en lugar de hacerlo se quedó mirando el rostro de Massimo, tenía sangre en una mejilla, un pequeño corte.

—Estás sangrando —le dijo con una voz pastosa, mientras tocaba su rostro con mucha ternura, los ojos de Lía estaban nublados de lágrimas.

Massimo no se movió, era consciente del vínculo que se había creado y sus miradas hablaban por ellos mismos. ¿Quién se acercó primero?, nunca lo supieron.

Se besaron desesperados y hambrientos uno del otro, Massimo introducía su lengua en la boca de Lía y ella la recibía con igual pasión, había deseo, pero también un cúmulo de sentimientos guardados nunca dichos, pero que no era necesario decirlo con palabras, porque lo estaban sintiendo en cada poro de su piel.

Finalmente, las lágrimas sucumbieron y rodaron por el rostro de Lía, Massimo las besaba, así como empezaba a desatar el vestido de su precioso cuello, acariciándola sin perder detalle de su oreja, dejando un reguero de besos por cada parte desnuda que iba descubriendo.

Ella estuvo a punto de perder el equilibrio, pero el rápidamente la había levantado y apoyado en una pared.

Sus piernas ahora estaban suspendidas, rodeando las caderas de Massimo con ellas, las manos de Massimo tocaban y acariciaban sus piernas, su trasero de manera posesiva y provocadora.

Ella se sostenía de su cuello con una mano y con la otra terminaba de bajarse su vestido hasta llegar a la cintura, no llevaba nada debajo, por lo que sus pechos fueron liberados a propósito, dándole libre acceso a su cuerpo.

Massimo estaba muy excitado, había deseado tanto ese momento. Una fina lluvia empezaba a caer sobre ellos, mientras tanto Massimo aprovechaba cada segundo, deteniéndose en sus pezones, lamía y chupaba cada uno de sus pechos, ambos jadeaban y sus respiraciones se escuchaban entrecortadas. Lía acariciaba su cabello mientras él seguía haciendo maravillas con sus pechos.

Con una mano, Massimo arranco su diminuta braga en un intento por introducir un par de dedos en medio de sus piernas, los movía de forma circular, unos gritos desesperados y jadeos salieron de la boca de Lía, pero fueron rápidamente acallados por la boca de Massimo.

A pesar de ser una calle solitaria, se escuchaba el ruido de los autos muy cerca de donde estaban.

Al salir del teatro, Massimo había llamado a su chófer, el sonido de su teléfono interrumpió el momento, una maldición se escuchó de los labios de Massimo. Su chófer los esperaba en la calle principal.

A regañadientes se separó de Lía, ella todavía estaba conmocionada por todos los acontecimientos y lo que había estado a punto de hacer en un sucio callejón oscuro.

Era la muestra de que todo lo concerniente a Massimo la hacía perder la cabeza. El ató el vestido a su cuello, ella se dejaba hacer todo con tranquilidad, era como si no tuviera voluntad propia, luego prosiguió acomodándole los pechos bajo la fina tela no sin antes besarlos y chuparlos con deleite, primero uno, luego el segundo y ocultándolos nuevamente como si fuese lo más normal del mundo.

Le dio una palmadita y dejó la mano reposando en su trasero, así fue como llegaron a la limusina donde los esperaba su chófer. Este no se inmutó, sólo obedeció instrucciones para llevarla a su apartamento. Lía se preguntó cuántas veces habría hecho eso con otras mujeres y si por eso ya estaba entrenado a no reaccionar.

Massimo en la limusina continuó besándole el lóbulo de su oreja, ella quería ponerle freno a todo, no podía permitir que siguieran donde lo habían dejado, pero una cosa era pensarlo y otra hacerlo.

—Besarte me causa adicción —le había susurrado Massimo al oído.

Los besos no se hicieron esperar, era un frenesí, una vorágine de sensaciones, tuvo dos novios en el pasado y nunca supo lo que era perder la razón bajo ningún concepto, siempre tuvo su cabeza fría creyendo que eso era lo normal en una pareja.

Sin saber cómo sus pechos volvían a estar libres y Massimo volvía a tener el control sobre su cuerpo y sobre su mente.

No era ella, era una criatura que se limitaba a sentir, cada sensación era nueva y superaba a la anterior, Massimo no dejaba de succionar cada pezón para después seguir bajando. De un tirón se había quedado sin vestido, estaba completamente desnuda y Massimo completamente vestido.

Lía jadeaba y gritaba en ese auto, ya no le importaba nada, Massimo ya se había colocado entre sus piernas y había repetido con su boca, lo mismo que segundos antes había hecho con los pechos de Lía.

Estaba sin control, movía su pelvis con tal frenesí que fue en esos momentos cuando le vinieron recuerdos de la mujer que estaba en la mesa de billar, cuando deseó ser ella, fue su último pensamiento, antes de gritar como una posesa y caer en un vacío completamente desvanecida.

Era su primer orgasmo y no la había penetrado, no hizo falta, solo con su boca había logrado maravillas.

Su cuerpo estaba sudado por completo, pero una paz absoluta reinaba en esa limusina.

—¿En la limusina? ¡Por Dios! Al fin su mente salía del letargo en el que había estado hasta esos momentos.

Como pudo se reincorporó, su cuerpo parecía gelatina, no tenía fuerzas, un par de ojos escrutadores la observaban sin perder detalle de nada, su camisa de seda pegada a su cuerpo estaba abierta casi por completo. Sin embargo, seguía con toda la ropa puesta, fumaba de manera desenfadada un cigarrillo, el olor se le hizo familiar, eran los mismos cigarrillos que fumaba cuando se conocieron.

Pensó en taparse los pechos, pero Massimo leyó su mente.

—No, no lo hagas, es demasiado tarde para eso ¿no crees? Eres una mujer espectacular, no quiero que vuelvas a ocultarte en mi presencia, tienes unos pechos hermosos, es un pecado que los ocultes.

Lía sentía su cara caliente, era la primera vez que estaba desnuda por completo y con sus cinco sentidos frente a un hombre.

A los veinticuatro años, tuvo su segundo novio con el que salió durante un año, a pesar de que había insistido en repetidas ocasiones el poder estar juntos, ella siempre ponía excusas e insistía en no estar preparada.

Con el tiempo, se había alejado cada vez mas de ella. Un día había decidido que lo haría a pesar de que era algo que no le atraía demasiado, estaba decidida a hacerlo con él ese fin de semana que viajarían juntos a una playa californiana a pocas horas de donde residían.

Se preparó a conciencia por semanas, leyó un sin número de libros: *Como mejorar el sexo en tu vida*, *Como despertar tu libido*, *Como ser una diosa en la cama*, *Descubre tu punto G*, *Enloquécelo en la cama*, etc., alquiló películas, hizo de todo, finalmente ya tenía todo planeado.

Antes de ese fin de semana, él había terminado con ella. La esperó por un largo año, el trató por todos los medios de despertar en ella eso que faltaba, que parecía más bien inexistente en ella. Lejos de sentirse triste, sintió como si se hubiera quitado un peso de encima.

Ahora sabía que no era casualidad, su cuerpo solo reaccionaba al tacto de Massimo, era como si la hubiera marcado como suya, lo supo en el club cuando estuvo a punto de acostarse con él y lo confirmaba ahora.

Massimo estaba a su lado y ella ya estaba completamente vestida, excepto por sus bragas o lo que quedaron de ellas en aquel callejón.

Él tenía una destreza innegable en ese arte, la había vestido y la había desvestido con la misma facilidad, mientras ella divagaba, él le anunciaba que estaban en la entrada de su edificio.

Quiso acompañarla hasta su apartamento, pero ella insistió en subir sola, el bajó antes de la limusina y cuando tomó su mano para ayudarla a bajar, volvió a sentir cosas en su cuerpo, no entendía qué pasaba en ella, era arcilla en sus manos y el volvió a atraerla y la besó hasta dejarla sin conciencia luego se despidió y esperó hasta que ella entró en el edificio.

Cuando llegó a su apartamento, se dio cuenta de que su teléfono sonaba incesantemente, tenía como veinte llamadas perdidas de su amigo.

¡Tyler! ¡El teatro! ¡El humo! Había olvidado todo por completo. Lo llamó en cuanto reaccionó y se acordó de cómo había comenzado todo.

Hablaron brevemente, ella se disculpó, le contó que alguien la sacó del teatro en medio del tumulto de gente y que luego la había llevado hasta su casa.

Por obvias razones, omitió el nombre de esa persona, así como otros detalles.

El pareció tranquilizarse con la explicación y prometió compensarla muy pronto por el incidente.

Esa noche durmió como un tronco, aunque se despertó excitada y sudando, en su sueño había estado retozando con Massimo. No, no había sido un sueño, había sucedido la noche anterior en el callejón y luego en la limusina.

Antes de levantarse, exploró su cuerpo como nunca lo hizo en el pasado, mientras se tocaba su clítoris recordó cómo la lengua de Massimo la llevó al orgasmo cuando estaban en la limusina, eso fue suficiente para tener nuevamente un largo y estremecedor orgasmo.

Se duchó, se vistió y salió a la calle con una gran sonrisa. Todo le parecía diferente ese día, hasta los problemas en la oficina le parecían ínfimos.

Recibió muchos ramos de flores y rosas ese día, pensó que eran de Tyler los solía mandar casi a diario.

Pero no eran de Tyler. Venían acompañados de una pequeña y preciosa cajita.

Cuando la abrió, se encontró con algo de encaje de color negro y rojo, eran un par de bragas y una nota:

—Espero que te gusten, te diría que quiero vértelas puestas, pero lo más probable es que terminen igual que las otras. Posdata. No uses nada cuando nos volvamos a ver. Tuyo M.

Isa y Paola estaban intentando ver que había en la cajita, pero Lía tuvo sumo cuidado de no revelar el contenido, ni de la nota que había en su interior.

Ese mismo día, Tyler la llamó para invitarla a pasar el fin de semana en un viñedo italiano a unas cuantas horas fuera de la ciudad. Había una fiesta temática, era una tradición que se daba año con año, durante los dos últimos siglos, los asistentes vestían acorde a esa época. Se llamaba el Festival de la Vendimia.

—En recompensa y para olvidar lo sucedido ayer, acepta por favor.

Estuvo a punto de negarse, pero Tyler insistió e invito también a Isa y a Paola, no podía negarse, sus amigas estaban emocionadas pensando en la celebración.

# Capítulo 12

Ese fin de semana emprendió camino con Tyler y sus amigas con destino al famoso viñedo. La ruta fue un poco larga.

Sin embargo, la belleza que los rodeaba hacía que todo valiera la pena. Incluso, se detuvieron a contemplar un hermoso riachuelo ya a pocos minutos de donde se encontraba su lugar de destino.

Tyler, se había ganado con creces a las amigas de Lía. La verdad, es que era muy divertido y en todo el trayecto no pararon de reírse por todas sus ocurrencias, Isa se había reído tanto que hasta tuvieron que parar por un sendero para que pudiera evacuar su vejiga. Unos segundos más y hasta Paola en el asiento trasero hubiera pagado los platos rotos.

Aparte de ese pequeño episodio, todos llegaron bien hasta esos hermosos cultivos de uva que se extendían por toda una colina sin lograr ver el final. De las parras colgaban sus frutos maduros, ya listos para ser recolectados.

Lía estaba encantada con todo lo que podía apreciar a su alrededor, todavía no llegaban al lugar, pero con sólo contemplar a distancia esas tierras ya estaba emocionada.

La entrada al viñedo, evocaba una de esas escenas antiguas; donde se llegaba en carruajes tirados por caballos en aquellos parajes rodeados de árboles frondosos. Cuando finalmente llegaron a la gran casa de piedra pudo leer:

**Wellcome to the Little Toscany**

Lía tuvo sentimientos encontrados, no supo por qué el nombre la había inquietado un poco.

—Tyler, ¿cómo supiste de este viñedo? —pregunto Lía de manera casual a su amigo.

—Todo el elenco recibió la invitación, no solo es viñedo también funciona como hotel. Me tomé el tiempo para entrar a su página web y me aseguré de que estaría a la altura de todos, no te preocupes creo que te sorprenderá todo lo que ofrece.

—Sí, yo también sospecho que me sorprenderá —añadió Lía con una sonrisa en sus labios, podía decirse que tenía una corazonada o presentimiento, pero algo no terminaba de cuadrar en su mente.

Entraron todos y el lugar era simplemente maravilloso, de ensueño, era como estar en alguna parte de La Toscana, la verdad no tenía nada que envidiar a los viñedos de Italia, realmente el dueño o los dueños del lugar, habían hecho un hermoso trabajo.

Había flores colgando por todas partes, el lugar tenía pasillos oscuros iluminados por candelabros, jardines y más jardines dentro y fuera del lugar, una casa palaciega típica de Italia, construida en piedra.

Tyler había reservado dos suites con doble cama, pero en la recepción le informaron que no había camas dobles, a cambio le darían dos suites más, todo sin coste. Era parte del paquete que tenían él y sus compañeros.

Cada uno tendría su propia habitación, las chicas estaban encantadas con eso, no obstante Tyler no estaba muy contento. Había pensado en quedarse con Lía en la misma habitación, no sabía por qué últimamente nada salía como él quería.

Esa era su oportunidad para estar cerca de ella, trató de

ser optimista y pensó que más adelante podrían estar a solas y esta vez no pensaba desperdiciarla.

Lía se sintió aliviada, de todas formas, no se hubiera quedado con él. En todo caso hubiera compartido con sus amigas, pero era obvio que los planes iniciales de Tyler no eran esos precisamente. Sin embargo, agradeció a Dios y al destino por estar de su parte.

Entró a su suite y se quedó con la boca abierta, tenía un balcón tan hermoso con vista hacia la colina. Pensó en cómo le hubiese gustado estar con Massimo en ese lugar tan mágico. Siempre era Massimo, aun estando alejada de él, siempre estaba en su pensamiento.

Faltaban un par de horas para asistir a la gran celebración, así que Lía aprovechó para averiguar un poco más del lugar.

Bajó y preguntó en recepción donde podía buscar información acerca del viñedo. La recepcionista, le mostró una biblioteca pequeña donde encontraría toda la información que buscaba.

Lo primero que vio fueron unos recortes de periódicos antiguos, así como fotos de esa época. Contaban la historia de sus primeros fundadores, que databan de un siglo atrás. Todos eran italianos, así como las primeras uvas que importaron desde dicho país y que lograron cultivar allí.

El ultimo dueño, había expandido el lugar comprando más hectáreas y construyendo el ala donde se encontraba el hotel para todos aquellos aficionados, críticos y enófilos que llegaban a visitar y a deleitarse tanto de esas tierras, como de sus aromáticos vinos, aceites y todos los productos derivados de la uva.

Lía quiso saber a quién pertenecía todo eso, pero no halló información sobre su ultimo propietario, solo mencionaba que era de ascendencia italiana y había sido adquirido diez años atrás.

Hubo algo que captó toda su atención, las fotos y recortes de las vendimias y de festivales y se detuvo en esa última parte.

## FESTIVAL DE LA VENDIMIA

Era un anuncio bastante antiguo, donde aparecían personas con antifaces.

Contaba la historia que: inicialmente la celebración fue creada para los empleados, pero luego, poco a poco fueron integrándose también los señores y gente de fuera, al punto de hacerlo una tradición cada año hasta la actualidad.

Al inicio de estas festividades, solía llegar la gente sin antifaz, pero poco a poco también los ricos empezaron a asistir y para tratar de pasar inadvertidos ocultaban su rostro con alguna máscara o pañuelo, esto llamaba más aún la atención; así que, para proteger la identidad de todos, decidieron incluir el antifaz para salvaguardar la reputación de aquellos que quisieran llegar y disfrutar con el resto de manera clandestina.

Los primeros fundadores, unos hermanos que decidieron atraer tanto gente local, como extranjeros para que llegaran a trabajar a sus tierras en especial para la época de la vendimia, nunca se imaginaron que unos siglos después, continuaría esa misma tradición.

Ahora ellos precisamente, estaban allí para asistir a dicho evento.

Horas después, Lía bajaba para reunirse con sus amigos. La celebración era al aire libre y estaba en todo su apogeo, desde la decoración, todos los canapés y la comida que había eran en su mayoría alusivos a la fiesta y las mesas decoradas con grandes racimos de uvas, listas para ser degustadas por todos los comensales.

Una banda tocaba música country, para todos los asistentes. Algo que llamó la atención de Lía es que, no había un alma que no tuviera una copa de champán o vino en sus manos, las risas, el vino, la música y la buena comida era todo lo que se necesitaba para hacer feliz a esa gente.

Lo mejor de la noche, a su criterio, era el vestuario de época. Todos llevaban vestidos largos y vaporosos, acompañados de grandes escotes, algunas mujeres vestían con corpiño, ella misma llevaba uno y una enagua, la mayoría llevaba grandes sombreros adornados con plumas, listones a cuál más colorido y creativo, los peinados oscilaban entre bucles y tirabuzones muy largos.

Los hombres llevaban sus trajes impecables, incluso algunos llevaban su levita, bastón, sombrero y réplicas de relojes de bolsillo.

—¡Esto es una pasada!, —gritaba exaltada Isa junto con Paola, todas se reunieron casi instantáneamente.

Las tres amigas estaban emocionadas, el vestido de Lía sobresalía por su color rojo, no era un color muy común en esa época, pero era el color favorito de ella y no podía perder la oportunidad de usar esos atuendos sin disfrutarlos.

Tyler se había entretenido y llegaría más tarde, ahora lo interesante sería como lo reconocerían entre la gran multitud con el antifaz que ocultaba medio rostro a todos los invitados.

Isa y Paola estaban degustando unos vinos junto a un par de argentinos, adivinó Lía por el acento muy parecido al italiano, así que ella aprovechó y se separó un rato de ellas para seguir degustando vinos y la deliciosa comida que ofrecía el lugar.

La banda tocaba una música muy alegre, mientras la gente comenzó a hacer cuadrillas y se juntaban dos parejas a bailar. Sin darse cuenta, fue arrastrada por una tempestad o así se sintió ella, alguien la había arrastrado hasta donde estaban todos bailando, al principio creyó que era su amigo Tyler, pero su contextura era diferente, el cabello, incluso su olor le pareció embriagador, se sintió excitada con solo el tacto de ese hombre.

Desde el último encuentro que tuvo con Massimo, sus hormonas estaban disparadas, pero no era lógico, con Tyler no había sentido nada a pesar de haber estado a su lado por varias horas dentro de un espacio pequeño como era el auto. Entonces, porqué este hombre que solo la tomó del brazo para bailar sentía como si la hubiera tocado más íntimamente, estaba de mal en peor.

Quería divertirse y esa noche lo haría. Lo bueno de todo, es que ella había aprendido ese baile hacía mucho tiempo, pero igual no dejaba de mirar para abajo tratando de no perderse en los pasos, en cambio ese hombre que la había arrastrado hasta ahí, bailaba de forma tan natural que parecía como si él fuera quien lo había inventado y no en los grandes salones de Europa dos siglos atrás.

Hasta ahora, no se había tomado el tiempo para observar a su pareja de baile, Lía evitaba su mirada a propósito. Se sentía abochornada, sabía que su rostro estaba caliente tanto por el vino, como por el deseo que le había provocado ese simple contacto con un desconocido.

Una parte de ella sentía que estaba en territorio conocido, sentía como que pertenecía a esos brazos, la simetría y la exquisitez con la que bailaba la seducían, no sabía que un baile podía causarle tal efecto, su cuerpo y lenguaje corporal llamaban al pecado. Él la observaba, pero ella no tenía el valor de mirarlo. Cuando ya estaba a punto de terminar el baile, decidió levantar sus ojos y mirarlo directamente. Esos ojos los había visto una y mil veces, era imposible no saber a quién pertenecían.

Cuando terminó el baile, él la cogió de uno de sus brazos y se la llevó aparte, no puso ninguna objeción al respecto, nunca pudo desde que tuvo uso de razón.

De reojo logró ver a un hombre parecido a Tyler por su complexión, vio como buscaba a alguien y le dio un poco de remordimiento pensar que la estaría buscando. Sin embargo, no hizo nada por apartarse de su destino, ya no tenía voluntad propia.

Ya se habían alejado de toda la multitud, en el camino

se encontraron con alguna que otra pareja en lo oscuro de la noche.

El cielo estaba muy estrellado y la luna caía como un manto sobre ellos, todo se prestaba en ese momento para una noche idílica y especial.

El hombre se detuvo y fue cuando levantó el rostro de Lía, ella no tuvo más remedio que devolverle la mirada, fue en ese momento que él le removió el antifaz a ella.

Massimo no sabía si ella lo había reconocido con el antifaz, pero algo sí estaba claro, ella no reaccionaba con timidez ante él, al contrario, le había devuelto el beso de la misma manera, lo besaba como si no hubiera un mañana entre ambos, y ciertamente no sabía que sucedería al día siguiente pero ese día sería suya. Llevaba años esperando ese momento, y al fin se haría realidad su deseo de tenerla.

Lía lo besaba con el mismo deseo, estaba claro que su cuerpo reaccionaba antes que ella misma, tuvo muchas oportunidades de salir y de acostarse incluso con sus novios, pero aun cuando la besaban no llegaba a estimularse lo suficiente como para pasar a algo más, ahora entendía todo. Con Massimo no había necesitado ni besarse, solo el tacto de su brazo o una mirada hacían que se derritiera y olvidara el resto, anulaba su mente y eso le causó miedo, era demasiado poder el que ejercía sobre ella.

—*Smetti di pensare, segui il tuo istinto* —le susurró al oído Massimo, su voz y su acento que lo enfatizaba a propósito para seducirla, hizo el efecto que el esperaba.

Lía dejó de pensar para concentrarse únicamente en lo que esas manos y esa boca provocaban en ella, él se había quitado el antifaz en algún momento, o quizás fue ella quien se lo quitó, no había motivo para seguir usándolo. Ya sus cuerpos se habían reconocido con anterioridad.

El sonido de agua llegaba a sus oídos, vio un manantial y la luna iluminándolos como únicos testigos. Massimo había empezado la titánica tarea de quitarle la ropa, que por cierto era mucha, ambos rieron cómplices de lo que les esperaba, prenda por prenda iba cayendo a un lado de ellos, ella también le quitaba la levita, el chaleco y la camisa casi la había arrancado para poder llegar a ese impresionante abdomen y tatuaje que recordaba desde que lo vio por primera vez.

Él se tomó su tiempo para ir quitándole el atuendo lentamente y dejando un reguero de besos y caricias en cada parte descubierta de su piel, provocando un martirio y a veces desesperación en ella que no comprendía su paciencia. Ella, estaba al borde de la locura, mientras él, se tomaba su tiempo, era una tortura y se lo hizo saber.

—No aguanto más —jadeaba Lía.

—Espera —la detuvo Massimo sosteniendo su mano—, quiero disfrutar y que tú disfrutes de cada momento, tenemos toda la noche topolina —le susurraba cariñosamente, usando el apodo que solía utilizar con ella cuando eran chicos.

El corpiño, las enaguas, las medias, todo yacía a un lado de ella. Ambos estaban ya completamente desnudos y descalzos sobre la hierba.

—Baila conmigo, —le había susurrado en el oído a Lía, aunque ni la música, ni la gente se escuchaban.

Mientras bailaban despacio, Lía movía su rostro y su cabello hacia atrás, Massimo besaba y pasaba su lengua en cada pecho, tomándose su tiempo en cada pezón, ella gritaba, jadeaba y enredaba sus manos en la espesa cabellera de Massimo. Él había navegado por su vientre hasta llegar a su parte íntima, haciendo que ella abriera sus piernas sin ningún pudor, ofreciéndose a él por completo. Era lava pura, Massimo la saboreaba de tal manera, que ya no podía sostener sus propias piernas, no solo era lo que la hacía sentir, también era el ruido que emitía su lengua en el sexo de ella, era de lo más placentero. Terminaron retozando sobre la hierba y fue así como la lengua de Massimo la llevó a su primer orgasmo.

Era el principio de todo, ahora quería ser ella quien lo saboreara, quería deleitarse en ese cuerpo perfecto, se besaron nuevamente y esta vez fue ella quien tomó la iniciativa. Massimo quedó debajo de su cuerpo y fue ella quien empezó a besarlo en cada recoveco, esta vez la urgencia se escuchaba en la voz de él, pero ella continuaba bajando deteniéndose en su vientre para luego llegar hasta su miembro ya erecto. Lía lo acarició, primero con su mano notando la suavidad de su piel, luego empezó a usar su boca e imitó lo que Massimo había hecho con ella minutos antes, él la detuvo.

—Si no te detengo ahora, no podremos llegar hasta el postre —le dijo él con el poco aliento que le quedaba.

Massimo tomó las riendas de la situación y empezó a besarla nuevamente, con pasión, pero también, con mucha dulzura y sentimiento. Lía se sintió incluso más vulnerable que antes, estaba entregándole toda su esencia, todo su ser, lo besaba como si no hubiera un mañana para ellos y es que todo era incierto, pero al menos podía ser ella y sacar todo lo que tenía guardado durante muchos años.

Massimo finalmente la penetró, ambos estaban excitados. Pero a pesar de lo mojada y lista que estaba para él, no pudo evitar el dolor que sintió después de que el traspasara la barrera de su virginidad.

De la boca de Massimo se escucharon algunos improperios en italiano al darse cuenta de que Lía había sido virgen, hasta ese momento.

El trató de apartarse preocupado, pero Lía le insistió en que continuara, la molestia inicial había ido menguando poco a poco.

Él había disminuido el ritmo después de descubrir que era la primera vez para Lía.

Su mente pensaba demasiadas cosas en ese momento, era la primera vez que estaba con una mujer virgen y no había sido precisamente delicado con ella al momento de penetrarla.

Era lo último que se hubiera imaginado.

Una sensación de orgullo lo había invadido, se sintió especial era algo que nunca le había pasado, nunca fue machista tampoco esperaba eso de ella, ni de ninguna persona con la que había estado antes.

Sin embargo, tenía que reconocer que lo había sorprendido. Lo consideraba un regalo, que a lo mejor no se merecía, no obstante, solo servía para confirmarle lo que siempre supo, Lía era suya y de nadie más.

Lía lo observaba y se preguntaba qué estaba pasando por su mente, después dejó de pensar y finalmente ambos tuvieron el mejor orgasmo de sus vidas y al mismo tiempo. Ella había sentido un líquido caliente en su interior y cuando pensó que todo terminaba ahí, él la había abrazado de una manera posesiva como nunca antes reteniéndola y prolongando el momento.

Lía sintió una especie de paz interior, era como si estuviera en casa, cada vez que estaba con Massimo tenía esa sensación, pero en ese momento era más fuerte el lazo que la unía hacia ese hombre, lo amaba, nunca había dejado de amarlo. En el fondo de su alma, sabía que un día estaría con él y quería que fuera lo más especial posible y lo había cumplido.

La voz de Massimo interrumpió ese silencio que se había creado entre ambos y sus pensamientos.

—¿Por qué no me detuviste o me dijiste que eras virgen? —Su tono de voz era suave—. No me lo esperaba, no es algo que me haya sucedido antes.

—Shhhh, no digas nada —lo calló Lía poniéndole un dedo en sus labios—, no tenías porqué saberlo —le dijo sonriéndole de forma cariñosa. Él se llevó el dedo a su boca y comenzó a chuparlo sin dejar de mirarla, Lía ya se estaba derritiendo por dentro, un simple roce o una caricia y ya estaba a su merced otra vez.

Massimo aprovechó para besarla de nuevo, no podía mantener sus manos alejadas de su cuerpo, no terminaba de saciar ese apetito, no entendía por qué se sentía así sólo con ella. Era como una necesidad, se sentía vulnerable y no le gustó esa sensación, dejó de pensar y se entregó al momento.

# Capítulo 13

Lía amaneció en una habitación todavía más grande que la suya, recordó que había terminado tan exhausta que no podía ni dar un paso, Massimo la había llevado cargada en sus brazos hasta donde se encontraba en esos momentos, aunque no recordaba mucho más porque estaba más dormida que despierta.

Recordó que despertó de madrugada desnuda y sin mediar palabras la penetró nuevamente, en pocas horas se habían convertido en criaturas insaciables

Miró la hora y se asustó al darse la cuenta que era la una de la tarde y se encontraba sola en la habitación.

El desayuno estaba servido, tenía un apetito increíble así que después de comerse casi todo lo que tenía en el plato, vio la nota de Massimo donde le mencionaba el desayuno, así como también que la esperaba abajo en el salón principal, donde se cataban los vinos. Le dejaba ropa interior, algunos vestidos y zapatos de diseño, todo envuelto en cajas con sus respectivas etiquetas para que escogiera lo que quisiera.

Se duchó y se puso un vestido escotado a propósito, sabía que Massimo adoraba sus pechos y había quedado más que demostrado varias veces esa misma noche.

No se encontraba en el hotel, era una casa adyacente y muy hermosa, no tuvo tiempo de explorarla porque quería reunirse con Massimo lo más pronto posible, quería hablar con él, por primera vez quería expresarle todo lo que sentía, lo amaba y quería gritárselo al mundo.

Llegó al salón principal y se encontró con muchísima gente, estaban degustando un vino especial al parecer, escuchó que era un vino de diez años y era edición limitada.

Cuando logró verlo entre la multitud, notó que todas las personas tenían su atención, vestía de una manera informal, pero siempre se veía elegante, denotaba cierta fuerza y seguridad con solo su presencia, ella lo miró y no pudo ocultar más su amor por él.

Un camarero llegó hacia ella para darle una copa y mostrarle el vino que estaban presentando ese día, era algo muy especial para el viñedo. La gente hablaba mucho del vino, era un tinto y tenía un sabor único pensó Lía, el maître le dejó la botella, ella iba a devolvérsela, pero al ver el nombre y la etiqueta de la botella se detuvo en seco.

La foto era la del cuadro, La chica del lago y su nombre era «Dammi un bacio, topolina», dame un beso, topolina, en italiano.

Sintió como un vuelco en su corazón, era su pintura y ella era topolina, siempre le gustó que la llamara así, le encantaba escuchar esa palabra en sus labios, recordó.

—Massimo, —pensó, Lía. Derramando una lágrima ante la emoción que sintió, últimamente se sentía muy vulnerable, era obvio que él era el dueño del viñedo.

Su corazón estaba que se le salía del pecho, Massimo la había observado y le había mandado la copa de vino junto con la botella a propósito.

Vio el preciso momento en el que derramó una lágrima y cuando se dirigía hacia ella sucedió algo que los sorprendió a todos.

Una voz de mujer se escuchó en un micrófono, agradeciendo a todos los presentes su asistencia.

Era nada menos que Irina, ella había ido unos días a Europa por trabajo, Massimo le había dicho que era importante su presencia allí, pero al recibir noticias acerca de su prometido y de Lía, había regresado lo más rápido posible. Ahora era su turno, había aguantado demasiadas cosas, pero ellos sabrían quién era ella en realidad.

—Mi nombre es Irina Dubrowsky, soy la prometida y muy pronto esposa de Massimo Visconti propietario de este viñedo, les agradecemos su asistencia y que estén degustando un vino muy especial para ambos, ya que fue etiquetado y creado pensando en mi gusto por los vinos tintos.

Luego prosiguió rápidamente

—También quiero invitar a todos los asistentes el día de hoy a nuestra boda, que por cierto hemos decidido hacerla aquí la próxima semana. ¡Salud! ¡Por el amor y por ti amado mío! Culminó su discurso alzando una copa en dirección hacia Massimo y hacia Lía.

Massimo se detuvo en el camino al escuchar la voz de Irina. Nunca habría imaginado ese desenlace, Irina había sido siempre una mujer fría, apartada que no demostraba emociones o al menos había aparentado tal cosa durante mucho tiempo. Ahora podía verla como era, sus ojos emanaban odio y sabía que iba dirigido en especial hacia Lía.

Lía por su parte, sólo tenía en su mente la boda de Massimo.

—¡Era la próxima semana! ¿Cuándo había pensado decírselo?

Se sintió traicionada y engañada, dejó la copa de vino y la botella en alguna esquina y se fue del lugar lo más rápido que pudo, no quería que la vieran llorar y en ese momento era un cúmulo de emociones que estaban a punto de aflorar.

No supo cómo, pero Isa y Paola estaban a su lado en un segundo, sus amigas la abrazaron y le dijeron que un taxi las estaba esperando, que luego se comunicarían con Tyler. Su amigo Tyler, pensó triste Lia, se había olvidado de todos ellos.

Sus amigas estaban allí cuando llegó Irina hecha una furia,

y no les costó mucho deducir que era Massimo el hombre con el que su amiga había pasado la noche anterior, así que decidieron actuar rápidamente.

Por su parte, Massimo había tratado de ir tras Lía. Sin embargo, mucha gente se detuvo para abrazarlo y felicitarlo, todo se había convertido en una pesadilla en cuestión de segundos y Lía había desaparecido sin dejar rastro.

Los medios no tardaron en dar la noticia, estaba por todos lados, unos incluso hablando de un embarazo, que quizá por eso Irina lucía demacrada últimamente, otros que le veían una pancita, surgieron un sinfín de especulaciones alrededor de la pareja.

Lejos estaban de saber la realidad de los hechos, ese mismo día Massimo llevó a su oficina a Irina y dio por terminada su relación. Ella se había quitado la máscara, había reaccionado como una energúmena, era una persona completamente distinta a la que supuestamente había conocido mucho tiempo atrás, a su amiga, a su socia.

Le echó en cara el haberla mandado a Europa para aprovechar su encuentro con Lía, despotricó sobre ella y le echó en cara la vez que se atrevió a llevarla a la casa palaciega, a la que sería su futura morada cuando se casaran. Fue cuando Massimo la detuvo, para asegurarle que ella nunca viviría en esa casa y menos ahora que daba por terminado todo.

Ella lo amenazó con publicar muchas cosas, tanto de su vida como de sus negocios y clientes y hacerle imposible la vida a Lía.

—No me has conocido aún Irina, y así como te ayudé a salir del hoyo en el que te encontré puedo hacer que vuelvas y te quedes en la miserable vida que tenías.

El rostro y la mirada de Massimo se habían transformado completamente, Irina lo conocía y sabía que no era un adversario fácil, ella misma vaciló ante su mirada colérica.

—¿Dónde está mi amigo? ¿El hombre con el que quería casarme?

—Tendré la mirada puesta en ti Irina, no te atrevas nunca a amenazarme o a amenazar a alguien importante para mí, porque puedo cerrarte hasta la última ventana, no me conoces como enemigo. Quedas advertida. No te molestes en volver por tus cosas, haré que uno de mis empleados prepare todo y te lo envíe después a donde tu indiques.

—¿Tanto la amas? —Pregunto Irina, con su rostro desencajado por la rabia y por la impotencia al ver todo perdido, con el que un día fue su amigo.

Massimo la observó detenidamente, y vio la verdad en ese momento, lo vio tan claro. Siempre fue Lía, nunca la olvidó y por eso nunca se enamoró de nadie, la amaba y hoy más que nunca, era todo lo que le importaba y tenía que decírselo.

—Sí, la amo. Siempre la he amado, sólo que no lo supe hasta hoy —contestó Massimo, aunque esa confesión era más para sí mismo—. Por los negocios no te preocupes, compraré tu parte y te daré lo que considere que mereces. Puedes irte ya y buen viaje para donde decidas comenzar una nueva vida.

Irina lo miró con sed de venganza en sus ojos.

—Esto aún no ha terminado Massimo, todavía me falta jugar mi última carta —pensó y salió de la oficina dando un portazo.

Ángelo se presentó en la oficina el lunes a primera hora, para informar a Massimo que el detective privado no contestaba al teléfono y que después de haber ido a buscarlo también le informaron que no volvería a ese lugar, nadie sabía nada de él ni de su paradero.

—Tenía toda la información acerca de tu dama misteriosa y de pronto desapareció sin dejar rastro, algo raro está pasando ¿no crees?

—Encuéntralo, no pudo irse muy lejos, alguien no quiere que sepa su identidad, averígualo. Ángelo, me voy un par de días de viaje, tengo que asegurarme de que todos los negocios que tenía con Irina se disuelvan legalmente, no puedo dejar ningún cabo suelto con ella, además necesito asegurarme que ya no se encuentra en New York, no confío en nadie en estos momentos solo en ti, tengo la sospecha de que gente de mi entera confianza la ayudó y si ha sido así, pagaran caro el engaño. Estaremos en comunicación, voy saliendo al aeropuerto.

# Capítulo 14

Esa mañana, Lía no deseaba levantarse para ir al trabajo, estaba cansada de leer y oír cosas acerca de la boda entre Irina y Massimo.

Tenía que reponerse, sabía que no podía vivir lamiéndose las heridas. Dentro de todo, su último libro estaba en el número uno de muchas listas, era finalista en los premios Seducción, Ganadora del prestigioso premio Fuego, Ganadora del premio Medianoche, Ganadora del premio Sade y con su traducción a varios idiomas el libro estaba en el mejor momento para ella.

Además, en tres días se presentaría en la televisión en un programa muy importante y de mucha audiencia donde revelaría su verdadera identidad finalmente; no obstante, su editorial se comunicó con ella esa misma mañana para informarle que tenía un sinfín de entrevistas y una gira por todo Estados Unidos. Aceptó inmediatamente, lo que menos quería era quedarse y ver el amor que se profesaban Massimo e Irina.

La gira comenzaría un día después de su presentación en televisión. Era furor en las redes y en los medios, todos querían la primicia de la escritora, L.C. Russo.

Antes de ir a su trabajo había llamado a su amigo Tyler, necesitaba darle una explicación y sobre todo ser honesta con él, lo quería mucho pero definitivamente como el gran amigo que una vez fue. Solo esperaba que todo saliera bien, no quería perderlo nuevamente, no después de volver a encontrarse con él.

Llevaba unos vaqueros de color blanco y unas sandalias a juego con su blusa de color naranja y estampados florales. Cuando sentía que algo le afectaba, solía vestir con colores alegres de esa manera sentía que su espíritu se elevaba.

Tyler la estaba esperando en un restaurante cerca de su apartamento, por lo tanto, ella pensó que caminar le iría muy bien. Su amiga Isa la llamó en esos momentos, consternada por la repentina decisión de Lía de irse de gira en pocos días sin previo aviso, sería una gira de varias semanas.

—Tienes que pensarlo, no puedes irte como si nada. Además, necesitas aclarar todo con Massimo. Lía estoy segura de que hay un mal entendido, de verdad —insistía su amiga Isa.

Lía se había distraído completamente por estar en el teléfono con su amiga, cuando vio a su amigo Tyler al otro lado de la calle frente al restaurante, estaba con la mano hacia arriba saludándola. Ella cruzó la calle justo en el momento en el que un auto a toda velocidad pasó rozándola, al punto que perdió el equilibrio y se cayó muy cerca de donde se encontraba su amigo.

Fue cosa de segundos, toda la gente se acercó para saber si se encontraba bien, estaba muy asustada y se culpó por estar distraída.

—Lo siento estaba al teléfono, además todo fue tan rápido.

—La policía llegó casi de inmediato, uno de los testigos había dado un poco de información del auto, así como también de la velocidad que llevaba en el momento en que ella cruzaba la calle

—Le aseguro que aceleró el vehículo a propósito —insistía el testigo.

Otro hombre testificó lo mismo y estuvo de acuerdo en que incrementó la velocidad cuando ella cruzaba la calle.

No había número de matrícula, tampoco detalles de la persona que conducía el automóvil. Por lo tanto, no pudieron levantar cargos en contra de nadie, solamente le dijeron que la próxima vez tuviera más cuidado a la hora de cruzar.

Todo se quedó en algún que otro golpe por parte de Lía a causa de la caída, pero nada serio, rehusó ir al hospital, pero sí aceptó la compañía de Tyler y regresar a su apartamento.

La conversación que ambos tuvieron fue fructífera, Tyler siempre supo los sentimientos de Lía hacia Massimo, también le contó que ella era L.C. Russo y sus proyectos. Estuvo de acuerdo con Isa en que tenía que aclarar todo con Massimo antes de irse de gira, sin embargo, él no había aparecido para darle ninguna explicación, lo único que podía pensar es que todo había sido un engaño por su parte para estar con ella y con su prometida al mismo tiempo.

Al día siguiente cuando estaba a punto de salir de su casa para ir al trabajo, llamaron a la puerta, se extrañó mucho, tenía un sistema de seguridad así que miró el interfono y lo único que vio fue un arreglo floral.

Abrió rápidamente y levantó un sencillo ramo de flores que estaba en el suelo junto a una nota en la que ponía:

**ERES UNA ZORRA, LA PRÓXIMA NO FALLARÉ.**

La nota era escueta, pero directa y estaba haciendo referencia al accidente que tuvo un día antes, lo que descartaba que fuese sin intención. Alguien estaba detrás de eso, pero ¿quién podía ser y por qué? Su mente rápidamente pensó en Irina, pero no podía ser ella, después de todo estaba con Massimo y se iba a casar ese fin de semana. Lo tenía todo para ella solita, porque no pensaba interponerse entre ellos, ahora más que nunca necesitaba irse de viaje.

Llamó a su oficina, Isa y Paola le dijeron que no saliera y que no le abriera la puerta a nadie, ellas estarían en su apartamento en cinco minutos.

Tan pronto como llegaron sus amigas, llamaron a la policía y le mostraron las evidencias, las flores y la nota, también tenían un justificante de lo sucedido el día anterior y llamaron a Tyler por ser uno de los testigos. Isa y Paola se quedaron esa noche con ella y decidieron que no la dejarían sola bajo ninguna circunstancia.

Le sugirieron que no acudiese al programa de televisión, estaría demasiado expuesta ya que dicho programa tenía una gran audiencia y el público tendría que interactuar con ella.

No sabía cómo se lo iba a tomar la editorial y tal como pensó, su agente rápidamente se negó a tal idea. Era una oportunidad única y muy esperada y no podía defraudar a todos los que creían en ella, en especial a su público.

Los siguientes dos días estuvo en casa con sus amigas y un día antes de presentarse al programa llegó la policía y le dijo que ya no tenía de qué preocuparse, gracias a la seguridad y las cámaras tenían el nombre y a la persona que les interesaba.

Lo que nunca imaginaron es que fuese una compañera de reparto de Tyler, estaba enamorada de él y antes de que Lía apareciera en escena habían tenido un breve romance, (al menos lo fue para su amigo Tyler) aunque para la mujer fue una obsesión y el amor de su vida como había declarado.

—Siento pena por ella —expresó Lía.

—¿En serio? ¡Pero si es una loca! Si no eras tú, hubiese sido otra. No querida, tú alégrate que no pasó a mayores y que la detuvieron rápidamente —dijo Paola.

—Bueno ya, asunto resuelto, podemos volver a nuestras vidas normales —sonrió feliz Isa—. ¿Salimos a celebrarlo?

—No, yo paso esta vez, quiero estar preparada para mañana. Aquí las espero temprano, por favor solo les pido eso por una vez en nuestras vidas —imploró Lía sonriendo a sus amigas.

El programa era por la mañana, así que se acostó temprano pensando que toda la pesadilla había terminado, esa mujer ya estaba presa.

# Capítulo 15

Ángelo estaba intentando comunicarse con Massimo repetidamente. Ese día lo llevaba haciendo desde temprano, pero por algún motivo no obtenía respuesta y eso le preocupaba.

Al fin había contestado el teléfono, Massimo estaba todavía en Alemania.

—Dime ¿qué sucede?

—Tengo ya noticias. Hay algo sobre lo que quiero informarte, encontramos a nuestro querido detective y habló. Después de hablar conmigo y decirme que ya tenía información sobre tu dama misteriosa aparentemente alguien más escuchó la llamada, porque una mujer muy elegante y hermosa se presentó en su oficina al día siguiente, quería saber por qué lo habías contratado. Él se negó a dar información confidencial, pero ella insistió, esta persona sabía que lo habíamos contratado, pero no el motivo y lo amenazó, o aceptaba el dinero y desaparecía o ella misma lo mandaba desaparecer.

»No me dijo la cantidad, pero fue lo suficiente como para salir huyendo de la ciudad. Ahora hay algo muy importante que tienes que saber, la dama misteriosa es nada más y nada menos que Lía. —Un improperio se escuchó al otro lado del teléfono.

—Gracias a que le mostré las cámaras de vigilancia, logró

ver la placa del Uber que llevó ese día a las tres amigas. La persona que pidió el Uber era Isa Reyes y lo solicitó desde The Little Toscany o sea el restaurante de tu padre. Ese día, Lía quedó con sus amigas Isa y Paola para celebrar que acababa de firmar con una nueva editorial, luego salieron las tres del restaurante según el testimonio de un empleado.

»Siguiendo el rastro del conductor del Uber, parece que escuchó que una de ellas era escritora y estaba bloqueada, por lo tanto sus amigas planearon llevarla a un lugar que prometía diversión. El chófer no sabía de qué sitio se trataba. Sin embargo, recordó que antes de bajar de su auto las tres se pusieron un antifaz, por lo que pensó que era una fiesta de disfraces.

»El mismo empleado del restaurante atestiguó que los días siguientes Lía estuvo en su apartamento escribiendo sin parar. Tony, su jefe, comentó que cuando ella se ponía a escribir sólo llamaba para pedir su comida, e incluso él mismo le llevó comida hasta su apartamento. También recordó que su jefe estaba contento, porque Lía le había dicho que su libro estaba siendo un éxito de ventas.

»Nuestro detective notó que algo no encajaba en el rompecabezas, Lía era Alice Walker, pero ella no había publicado ningún libro recientemente. Así que un día decidió irse de fiesta y coincidir con Isa y Paola. Se hizo pasar por un escritor que andaba en busca de una buena editorial para publicar su libro ya que la editorial anterior con la que había trabajado no había sido de mucha ayuda.

»Ellas le mencionaron varias y el lamentó no conocer ningún escritor local para que le introdujera en alguna editorial específica. Isa fue la que cayó en el anzuelo rápido, le dijo que su mejor amiga era una escritora muy famosa y que se la presentaría, que ella había firmado recientemente con la editorial Alfa y Beta y su libro era toda una sensación, hasta vallas publicitarias encontraría, Paola intentaba acallar a su amiga, pero ya había dicho todo lo que quería escuchar nuestro detective.

»Lo demás es fácil, la editorial tiene todos los derechos de los libros de Alice Walker y de una nueva escritora misteriosa de la que su novela es actualmente número uno en ventas. El libro de *El club del Señor V*, y su escritora *L. C. Russo* simplemente está en todas partes. Mas cosas, mañana en el programa matutino de *Amaneciendo con Gina*, se presentará oficialmente L.C. Russo por primera vez, revelará su identidad ante los medios de comunicación luego saldrá de gira por todo el país para promover su libro. Eso será en dos días.

»Y por último y no menos importante, alguien quiso hacerle algo muy malo, trataron de atropellarla, pero tranquilo ya detuvieron a la persona, era una compañera de reparto de Tyler, así que por esa parte no debes preocuparte. —Al otro lado del océano Massimo se pasaba las manos por su cabellera espesa, se sentía impotente al estar tan lejos de Lía.

—Escúchame bien —trataba de sonar normal, pero la angustia se palpaba en su voz—. Ya despedí a todos los empleados que me traicionaron dándole información a Irina acerca de todos nuestros pasos. El problema que tenemos ahora es que desapareció, ayer estuvo conmigo firmando papeles, pero hoy que quise verla por última vez ya no se encuentra en el país y temo que haya regresado a New York. Está obsesionada conmigo, pero más aún con Lía, piensa que ella es la culpable de nuestra ruptura.

»Yo salgo ahora mismo en mi vuelo privado, quiero que estés pendiente de Lía, Irina sabe quién es ahora y seguramente dónde estará mañana. Llegaré directo al programa de televisión, no pienso exponerla un segundo más, la amenaza no ha terminado, comienza ahora.

Massimo estaba listo para volar, sentía una gran angustia y ansiedad, nunca había estado así por nadie. Para él era un sentimiento nuevo, quería proteger a su topolina, no podía pasarle nada. Ella era todo para él, era el amor de su vida y aún no se lo había dicho.

—Espérame topolina, pronto estaremos juntos, muy pronto, te lo prometo. —repetía en forma de mantra.

# Capítulo 16

Isa y Paola consiguieron llegar temprano al apartamento de Lía. A Lía le había costado conciliar el sueño, y esa mañana lejos de parecer fresca y animada parecía muy cansada.

En cambio, sus amigas parecían como si las hubiesen sacado de la portada de alguna revista.

—No te preocupes, con un poco de maquillaje nadie notará tus ojeras, es normal que estés así, son los nervios y encima todo por lo que has pasado últimamente —insistía Isa

Paola por su parte se encargaba de escoger el vestuario, un traje muy elegante de color blanco, con una blusa de seda color rojo fuego, zapatos rojos a juego junto con la cartera, los accesorios y el resto también en rojo.

—Ese es tu color y hoy es cuando conocerán finalmente a la famosa escritora del bestseller *"El club del Señor V"*.

Tyler llamó para avisar que se le presentó algo en el último minuto y llegaría al set de televisión más tarde.

—Espero que no se pierda la presentación, estamos demasiado emocionadas por ti —expresaban de forma genuina sus dos amigas mientras la abrazaban y le deseaban todo el éxito del mundo.

El lugar estaba abarrotado, mucha gente esperaba tanto dentro como fuera del lugar, todos a la expectativa de ver, conocer y conversar con la escritora del momento L.C. Russo.

Antes de entrar al programa, la editorial había convocado a todos los medios de comunicación para la primicia, después de eso el programa se transmitiría en vivo y en directo.

Tyler llegó temprano, sin embargo, tuvo que entrar por la parte trasera, era tal la multitud que estaba al frente del canal esperando por Lía que no se atrevió a dar la cara, afortunadamente nadie lo vio y pudo entrar sin dificultad.

Lía llegó con sus amigas, pero se quedó dentro del auto, la seguridad era poca a comparación de la cantidad de gente que había allí congregada, al parecer ninguno de los organizadores pensó que fuese a colapsarse la entrada.

Retrasaron todo un poco, para luego informar a Lía que la conferencia sería en el estacionamiento, de esa manera todas las personas, incluso las que no tenían entrada por la escasa capacidad del lugar, podrían escuchar y enterarse de todo.

En el momento en el que Lía fue presentada como L.C. Russo la gente aullaba su nombre y aplaudía, mientras Lía agradecía a todos con sus manos y enviaba abrazos y besos a todos desde una mesa donde estaban su agente y representantes de la editorial. Muchos medios estaban presentes, cadenas de TV tanto nacionales como internacionales, revistas, estaciones de radio, todos hicieron acto de presencia, no faltó ninguno.

Lía estaba emocionada y admirada por el afecto del público y la aceptación de su libro, sus amigas estaban con ella todo el tiempo y se sentaron en primera fila.

La conferencia de prensa comenzó con muchas preguntas. Tanto Lía como su agente contestaban a cada una ellas según les interesase, había mucha expectación y llegó el momento inevitable donde todos querían saber en quién se había inspirado para escribir acerca del Señor V. Ella sabía que tarde o temprano saldría a relucir dicha pregunta.

—Bueno —se escuchó a si misma carraspear y sonriendo a las cámaras continuó—, debo decir que, al principio, cuando comencé a escribir este personaje, estaba solamente en mi imaginación —un suspiro se escuchó de sus labios, peeeero... al final el Señor V., se basa en alguien de la vida real, alguien de mi adolescencia, mi primer amor. En su momento me ayudó mucho para darle vida al personaje y gracias a que lo volví a ver, mi mente hizo el resto.

—¿Podría decirnos el nombre de ese hombre? Y co... —Preguntó alguien muy atrevido.

En ese momento la agente de Lía interrumpió la pregunta, dando por terminada la conferencia de prensa. El programa de televisión salía al aire y estaban ya bastante atrasados.

Lía no podía estar más agradecida con su agente por sacarla de ese atolladero. Isa y Paola se acercaron a ella para abrazarla antes de que entrase a las instalaciones y empezase lo más difícil

Y de un momento a otro, todo dio un giro inesperado.

Lía yacía en el suelo, un disparo había rozado su brazo izquierdo, los gritos de todos los asistentes no se hicieron esperar, la gente comenzó a gritar y a correr sin rumbo por todos lados, algunos buscando las salidas más cercanas, otros buscando a sus amigos o familiares.

La seguridad se había desplegado por todas partes, tratando de buscar a la persona que había disparado el arma y si había más de un implicado.

Isa pedía a gritos algún doctor y una mujer se acercó a donde estaba Lía para asistirla, comentó que no era grave pero aun así necesitaba ir al hospital para ser atendida.

Tyler intentó llegar hasta donde se encontraban ellas, era un caos y no permitían que nadie se acercara a Lía. Cuando lo reconocieron le dieron acceso y por fin pudo reunirse con ellas.

Estaban a punto de llevarse a Lía al hospital, cuando un hombre alto y de cuerpo atlético con ropa elegante apareció corriendo desesperado. Llevaba una barba incipiente de quizás un par de días, todos lo miraron con respeto, incluso algunos con temor, su rostro estaba desfigurado, por su semblante era difícil saber lo que estaba pensando, pero su mirada no era muy amigable. En esos momentos, por dentro había sentido miedo, pero también sentía cólera al ver que alguien se había atrevido a atentar en contra de Lía.

Massimo era un hombre con tanta seguridad, que con su sola presencia hizo que todos, incluyendo la seguridad, le abrieran paso mientras a zancadas llegaba hasta donde estaba Lía.

Como si se tratara de una pluma, él la levantó con gran facilidad, le ordenó a alguien que llevara su auto hasta la puerta y luego le comunicó a Isa y a Paola que la llevaría a su casa palaciega, que de ahora en adelante el cuidaría de ella.

Tyler salió a su paso, interponiéndose en su camino.

—No permitiré que te la lleves, ella necesita un hospital de inmediato. —Massimo lo miro con hostilidad.

—Apártate Tyler, ella tendrá todos los cuidados, doctores, enfermeras, todo lo que necesite en mi casa —tenía una voz amenazante que intimidaría a cualquiera. Massimo estaba furioso por todo lo acontecido y más aún porque estaba seguro que Irina estaba detrás de aquello. Él había intentado todo por llegar antes y no lo había logrado.

—No permitiré que te la lleves —insistió una vez más Tyler.

Massimo se detuvo brevemente y lo miro de frente.

—No te atrevas a interponerte Tyler, porque no respondo.

—¿A dónde la llevarás? ¿Y tu mujer? —Preguntó Tyler con saña.

—¡Lía es mi mujer! No hay ninguna otra. Por lo tanto, a partir de hoy estará donde yo esté.

Dicho eso caminó con ella en sus brazos y la subió a su auto con mucho cuidado, luego él se sentó a su lado y el chófer arrancó el auto dejando una estela de polvo en su camino.

Lía oyó un ruido muy fuerte y luego gritos, después cayó al suelo y sintió un gran ardor en su brazo izquierdo, su mente dejó de funcionar. Empezó a oír una discusión y notó unos brazos fuertes, no podía recordar detalles, le dolía mucho el brazo, pero a pesar del dolor se sentía a salvo, alguien le susurraba palabras al oído, eso la tranquilizaba.

—No te duermas, tiene que verte primero el médico —le susurraba una voz preocupada, mientras sentía como le acariciaba su rostro y su melena. Es él, pensó Lía y eso la hizo sentirse en paz.

Durmió muchas horas y cuando despertó se sintió confusa, poco a poco empezó a recordar retazos de lo sucedido y una voz conocida le preguntó cómo se sentía.

Massimo se hallaba sentado en un sofá frente a su cama, por primera vez vio su cabello desordenado, su rostro cansado con ojeras, su camisa arremangada hasta sus codos y sin abotonar hasta la cintura. Era el hombre más sensual sobre la tierra, pensó Lía mirándolo como si fuera la primera vez que lo tenía ante ella.

No pudo evitar suspirar, fue algo involuntario que no pasó desapercibido para Massimo y su sonrisa fue devastadora. La había pillado mirándolo descaradamente, es que no pudo ni disimular, se reprendió a sí misma Lía para sus adentros.

Massimo había pasado más de veinticuatro horas despierto velando su sueño. Por un momento, pensó en retirarse y dejar a Flora la nueva enfermera con ella, todavía no se había cambiado de ropa, sabía que estaba desaliñado y lo que menos quería era que Lía despertara y lo viera de esa manera. Sin embargo, ella despertó antes de que se pudiera poner de acuerdo con su propio yo.

La mirada de Lía le causó gracia, a veces era tan fácil leer sus pensamientos y otras veces era simplemente imposible. Ese día ella lo estaba mirando de la misma manera en que solía hacerlo cuando a hurtadillas lo observaba en aquellas fiestas donde acudía con su hermana.

La deseaba y amaba más que a nadie en el mundo y si no fuese por esa herida la tumbaría nuevamente en la cama hasta hacerla gritar su nombre una y otra vez, en lugar de eso le preguntó.

—¿Como te sientes? —Lía bajó la mirada temiendo que leyera sus pensamientos en ese momento y se dio cuenta que apenas la cubría una bata transparente, trató de ocultarse con la sábana.

—No, no ocultes tu hermoso cuerpo —insistió Massimo—. Además, no se te olvide que ya lo he visto antes. —Luego cambio de tema rápido haciendo que Lía olvidara por un momento su desnudez—. Llevas dormida más de veinticuatro horas. —Lía recordó parte de lo sucedido y se lo hizo saber, lo único que no recordaba era la persona que había disparado el arma, había sido casi imposible verla con tanta gente.

—Tus amigas han estado llamando todo este tiempo, prometí llamarlas cuando despertaras —añadió evitando hablar del tema.

Se hizo un silencio entre ambos, Massimo por primera vez se sentía inseguro ante Lía.

Había deseo en la mirada de ambos y eso lo constató Flora, la enfermera, al entrar con la comida y la medicina, lo pudo notar en el ambiente que se respiraba en esa habitación y en los ojos de ambos.

Massimo se retiró y dejó a Flora al cuidado de Lía que comió, se tomó la medicina y después de una ducha rápida se preparó para recibir a sus mejores amigas.

Las dos llegaron más rápido de lo que Lía esperaba, sus voces se escuchaban desde el pasillo, especialmente la de Isa que venía hablando de la casa palaciega y del famoso lago.

Estaba feliz de verlas, ellas al entrar a la habitación se habían abalanzado sobre su amiga de inmediato en un abrazo muy efusivo, estaban emocionadas de ver a su amiga en muy buenas condiciones.

—¡Pero si no parece que te hubiera disparado alguien!, ¡mírate! Hasta color tienes en tus mejillas —expresaba Isa.

—¡Que hermosa habitación tienes! Es muy amplia, y mira

ese balcón —dijo señalándolo, Paola corriendo de un lado a otro, como si fuese una niña visitando el palacio real.

—Pero, ¿qué es esto? No me lo puedo creer, aquí esta tu pintura —su amiga miraba la pintura embelesada—, ya quisiera yo tener tu suerte, mira que hacerte una pintura en óleo. No me cabe duda de que ese hombre está enamoradísimo de ti —sonrió Isa.

—Creo que quedó más que claro cuando le dijo a Tyler que eras su mujer y te ibas con él. Solo le faltó sacar el mazo y llevarte de los pelos, bonita —reían Paola e Isa.

—Pero ¿a qué es romántico?, ya quisiéramos nosotras encontrarnos a alguien así. —Lía se sonrojó, ella había pensado que con la conmoción lo había imaginado todo. Pensó en su amigo y en cómo se pudo haber sentido.

—No te preocupes —le sonrió Isa—. Sé que piensas en tu amigo, pero Tyler estará bien, ya se le pasará. La verdad, lo que pasó se nos hizo de lo más romántico, especialmente viniendo de alguien como Massimo. Todo el mundo sabe que no es un hombre que muestre sus sentimientos y menos aún en público. Te lo tenemos que decir, tarde o temprano lo leerás, está en todas las noticias y por si fuera poco todos los medios estaban allí.

—En realidad tuvimos que intervenir —comentó Paola—. Hoy nos entrevistaron algunos medios y pudimos dar nuestra versión de los hechos, de cuando se conocieron y todo eso. Créeme que la percepción que tenía la gente era muy diferente, teníamos que hacerlo, no podíamos permitir que te trataran como la amante o la tercera en discordia. Saliste en todas partes, creo que las ventas de tu libro se triplicarán ahora que todo el mundo comenta que el Señor V., es Massimo Visconti. Han salido muchas versiones de cómo se conocieron, no sabes la risa que provocan algunas historias.

Lía solamente las escuchaba, pero lo que menos le importaba en ese momento eran los comentarios, ella sabía lo que valía como escritora y como mujer. Aun así, agradecía a sus amigas la preocupación y el hecho de salir a dar la cara por ella.

Tuvo intención de preguntar acerca del atacante, pero sus amigas continuaron hablando de otras cosas más triviales, quizás todavía no se sabía nada, pensó Lía.

Sus amigas se despidieron, la abrazaron efusivamente y se fueron, Massimo les había dicho que el hablaría con Lía, pero que no quería preocuparla en esos momentos.

Dormía a ratos, despertaba y se volvía a dormir. Al día siguiente, se sintió mucho mejor. Se duchó con la ayuda de Flora y lució un hermoso vestido que Massimo había insistido en que usara, él lo había comprado para ella y esperaba vérselo puesto.

Era un vestido de tirantes, la parte de arriba se ajustaba a sus pechos y al llegar a la cintura la falda se hacía más voluminosa, le llegaba por encima de las rodillas, era floreado y con varias tonalidades, iba acompañado de un sombrero a juego.

Una vez vestida, Massimo había entrado en la habitación, y sin previo aviso, le anunció que la llevaría a un lugar especial.

Lía no se imaginaba a dónde se dirigían, pero él la llevaba en brazos, ella se sentía mejor como para caminar, pero el insistió en llevarla en brazos.

Todo el personal de servicio, los miraba, hasta los que estaban ocupados dejaban lo que estaban haciendo para mirarlos. Era la primera vez que veían a su jefe hacer algo así con alguien, era un hombre que nunca mostraba sentimiento alguno y ese día todos lo miraban con la boca abierta y sorprendidos por su actitud.

Lía sintió un poco de vergüenza al principio, sin embargo, el amor que sentía por Massimo hizo que se olvidara de todo lo que la rodeaba, quería atesorar cada momento con él.

—¿A dónde me llevas? —preguntó Lía.

—No preguntes, ya estamos llegando.

Habían atravesado gran parte del jardín, hasta que se fijó

en el viejo roble, más grande y frondoso de lo que recordaba.

Llegaron hasta el árbol y bajo su sombra la sentó en una manta donde había una botella de vino y una variedad de frutas, pan, quesos y embutidos.

Esta vez el lago estaba rodeado de una hilera de flores silvestres de todos los colores. No hacía mucho que había estado allí y no recordaba haber visto esas flores.

Lía se sintió conmovida, sus recuerdos se agolparon en su mente y por un momento volvió a tener trece años.

Massimo le ofreció una copa de vino tinto.

—Brindemos por un nuevo inicio, encantado de conocerla, señorita Caruso.

—Encantada de conocerlo, Señor Visconti —elevaron sus copas y bebieron ambos sin dejar de mirarse a los ojos.

Massimo fue el primero en hablar.

—Antes de nada, quiero contarte que Irina y yo rompimos, no habrá matrimonio y tampoco volverá a acercarse a ti. Ella fue quien te disparó el día de la presentación de tu libro —la mirada de Massimo se tornó fría en el momento que mencionó lo sucedido.

Lía lo miró estupefacta, ella estaba convencida de que había sido la misma chica compañera de Tyler. La chica estuvo detenida solo unos cuantos días.

—Traté de llegar a tiempo, pero tenía que resolver muchas cosas antes de verte, estaba en Europa arreglando negocios entre otras cosas. Quiero empezar de cero contigo, pero no llegué a tiempo y me he sentido responsable de todo desde ese día.

—No, ¡por Dios Massimo!, —contestó Lía—. No tienes porqué sentirte responsable de lo que hizo esa mujer, es obvio que te quiere, el amor nos puede obligar a hacer cosas que nunca haríamos, supongo.

—Sigues siendo tan ingenua —le contestó Massimo a Lía—. Ella fue mi amiga durante mucho tiempo, nos comprometimos para poder ayudarla, tanto su carrera como sus finanzas iban en picado, quise echarle una mano y ella a cambio me ayudó con algunos negocios. Es adicta al sexo y a otras sustancias y eso lo sabía yo. Sin embargo, me prometió que iría a terapia y cuando regresó de Europa me dijo que gracias a mi ayuda todo eso había quedado en el pasado.

Yo la creí, a mí no me interesaba como mujer, pero teníamos negocios y amigos en común, era conveniente para ambos y así hubiese continuado. Hasta que cierto día me encontré con una dama misteriosa en mi club, ese día algo cambió.

Lía sintió cómo su rostro se calentaba, hacía mucho que no se sonrojaba, pensó.

—No puedo creer que todavía te sonrojes —le dijo Massimo mientras se reía de ella.

—No te burles, ese día me llevaron mis amigas supuestamente para desbloquear mi mente y poder seguir escribiendo mi novela erótica, pero terminé enredándome aún más. Aunque sí debo admitir que me ayudó a terminar la novela a tiempo. ¿Cuándo supiste que era yo?

Massimo le habló del detective y le dio todos los detalles incluyendo los que hubo con Irina.

Luego se produjo un silencio entre ambos.

—Siento mucho no haber estado contigo cuando tuviste el accidente junto a tu padre, lo admiraba mucho. Cuando me enteré de lo sucedido me puse en contacto con mi padre, pero me dijo que tú ya me habías olvidado, que tenías novio y que no te molestara. Yo sólo quería saber de ti, pero no quiso darme información, luego llamé a tu casa y siempre me contestaba tu madre, ella insistía en que estabas ocupada. Te dejaba mensajes, pero al final terminé aceptando que jamás me aceptaría y que tampoco te daría mis mensajes. Tanto mi padre, como tu madre tenían suficientes razones para no permitir que estuviéramos en contacto.

Omitió lo último, cuando buscó a su hermana Dafne, no

quería que ambas se enfrentaran, a pesar de todo seguían siendo hermanas y, si todo salía bien, muy pronto sería su cuñada.

La mirada de Lía estaba ya nublada por las lágrimas, ¡había soñado tantas veces que Massimo la llamaba para decirle que la extrañaba o al menos para decirle que estaba bien! Le preguntaba todos los días a los empleados de la casa, pero la respuesta siempre había sido la misma, nadie llamó.

—Todos los días preguntaba si había recibido alguna llamada tuya, mientras estuve en el hospital y después, cuando regresé a casa. Incluso con el tiempo me armé de valor y un día me atreví y fui a ver a tu padre, le pregunté por ti, quería saber cómo estabas. Me dijo que estabas mucho mejor que ya casi no hablaban, que estabas estudiando y que tu vida había cambiado mucho. Ese día entendí que ya no estaba en tu vida, que me habías olvidado.

Las últimas sílabas apenas las oyó Massimo, Lía miraba hacia el lago, pero su mente no estaba allí, su rostro estaba empapado de lágrimas.

Massimo se abalanzó sobre ella y la envolvió en un enorme abrazo, mientras le besaba la frente.

Ella lloraba ya sin ninguna restricción.

—No llores más, nunca nos volveremos a separar mi topolina, nada, ni nadie se interpondrá entre nosotros te lo juro.

Una retahíla de palabras cariñosas en italiano hizo que poco a poco dejara de llorar

En algún momento, Massimo había bajado los tirantes de su vestido, no llevaba sujetador así que sus pechos estaban libres y eran besados y acariciados por Massimo.

Lía demandaba sus labios, su boca, se besaban con gran frenesí, estaban hambrientos uno del otro.

Les llevó muy poco tiempo desnudarse y Lía ya estaba siendo penetrada repetidamente por Massimo, gritaba su nombre una y otra vez hasta que finalmente ambos terminaron juntos con el orgasmo más prolongado que habían tenido hasta entonces.

Se quedaron abrazados y Massimo la siguió besando por todo el rostro. Ya recuperados, se sentaron a comer los bocadillos que les habían llevado. Lía se puso el vestido nuevamente a pesar de que Massimo trató de oponerse. Minutos después, el vestido yacía otra vez a un lado de los dos amantes.

Esta segunda vez Massimo se había tomado su tiempo para acariciar y besar cada rincón del cuerpo de su mujer.

Lía también tomaba lo que le pertenecía, ahora estaba segura que era suyo, lo exploraba con sus manos y su boca, tratando de llevarlo al límite.

Unas horas después recogían todo, riéndose y compartiendo todo lo que se les negó en el pasado.

—Si te duelen las piernas, siempre puedes decir que anduviste a caballo —reía a carcajadas Massimo.

—Nadie creerá que después de que me sacaste en brazos regrese dolorida por una cabalgada.

La llevó también en brazos de regreso a la gran casa palaciega, a su casa porque era donde vivirían a partir de ese día.

—Quiero que sepas que nunca más nos separaremos, éste será nuestro hogar a partir de ahora, si así lo deseas —le susurraba Massimo al oído—. Voy a pedir tu mano lo más pronto posible, ya quiero que lleves mi apellido y que el mundo entero sepa que encontré al amor de mi vida.

# Capítulo 17

Dos semanas después:

Lía y Massimo llegaron a la Toscana, Italia. Habían vivido las mejores dos semanas de su vida. Lía todavía no podía creer todo lo que estaba pasando, dormía y despertaba al lado de él, comían, se bañaban en el lago desnudos y siempre terminaban retozando bajo la sombra del viejo roble, se había convertido en su lugar favorito.

No sabía cómo, pero había descubierto que tenía un gran apetito sexual, se quedaba maravillada pensando todo lo que había aprendido durante esas dos semanas, sabía cómo tocarlo y provocarlo, ambos se habían hecho adictos uno al otro.

Lía no pisó su oficina en todo ese tiempo, sus amigas se encargaron de todo. Tampoco Massimo fue a la suya, su amigo Ángelo se encargó de todo lo concerniente a sus empresas. Ambos, disfrutaron de su luna de miel adelantada sin salir de casa.

En su dedo anular llevaba un fino y hermoso diamante, a ella no le gustaban las grandes piedras. Sin embargo, ese hermoso anillo era imposible no mirarlo, sus amigas estaban locas con él, para ella lo mejor de todo era el significado. Ya estaba comprometida y en pocas semanas pensaban casarse.

Desde el momento en que llegaron a Italia, fue algo mágico,

fue como llegar a su tierra, a sus raíces, sintió orgullo y alegría a la vez, el lugar que vio nacer a sus padres y a sus ancestros.

El camino hacia el viñedo donde vivían su hermana y su madre estaba muy retirado. El paraje era incomparable a ningún otro.

—Quiero que conozcas un lugar donde solía venir de chico.

Massimo la llevó por un camino bastante estrecho, hasta que finalmente llegaron a un riachuelo. El lugar no podía ser más pintoresco, era verde por donde se mirara y el agua era como la de un manantial, cristalina y pura.

—Ven vamos a bañarnos —le dijo Massimo.

Ambos corrieron hasta el río y se quitaron la ropa, terminaron haciendo el amor en ese bello lugar antes de entrar al agua.

—No puedo pasar mucho tiempo sin ponerte las manos encima, me tienes hechizado.

—Yo soy la que me he convertido en adicta, jamás imagine que iba a estar desnuda y haciendo el amor contigo en este pequeño rincón del planeta.

—¡Eres mía! Mi mujer, mi todo, no sabes lo feliz que me hace estar contigo. Te amo, mi topolina.

—No, yo te amé primero, ¿recuerdas cómo te seguía y te burlabas de mí?

—Era fácil tomarte el pelo, te ponías nerviosa y eso solo hacía que me sintiera más atraído hacia ti.

Se besaron y se sumergieron en el riachuelo, otra vez hicieron el amor, esta vez dentro del agua.

Lía estaba exhausta pero feliz, lo habían hecho también en el avión. A pesar de ser un vuelo privado sabía que el personal lo había notado al llevarles la comida, ella estaba sin su carmín, despeinada y su ropa arrugada.

—Todos saben que eres mi mujer y que pronto nos casaremos —había dicho Massimo, no te avergüences de este amor.

Lía no se avergonzaba, simplemente era abrumador saber que su vida había cambiado tanto en esos últimos meses.

Unas horas después regresaban al camino, se detuvieron a comer algo ligero en un pequeño restaurante y cuando al fin llegaron al viñedo la primera persona a la que vieron fue a su madre, ella salió corriendo a recibirlos. Lía sintió un enorme cariño en ese momento por su progenitora, no la esperaba y menos verla con Massimo a su lado.

La madre de Lía estaba feliz de ver a su hija, sabía que no había sido la mejor madre para ella, pero se alegraba de verla feliz. Su pequeña parecía otra mujer, era hermosa por dentro y por fuera, tenía una luz que no le veía antes, se le notaba feliz y enamorada y eso era todo lo que necesitaba saber.

Miró a Massimo y recordó todas las veces que le negó las llamadas, jamás imaginó que lo que existía entre ambos era tan profundo, ella solamente quería proteger a su hija y así se lo hizo saber.

—Siento mucho lo que les hice años atrás, a ti y a mi hija Lía, —balbuceó la señora Caruso.

—No tiene porqué disculparse ya, eso es parte del pasado. No me conocía y tampoco sabía lo que existía entre nosotros —contestó con voz suave y firme—. Estoy feliz de estar aquí con Lía, quería verla para pedirle la mano de Lía oficialmente.

—¡Oh, por Dios! Sabes que tienes la mano y mi bendición, lamento mucho como pasó todo, lo importante es que al final lograron encontrarse y unirse. ¡Oh, mira aquí viene mi hija Dafne!, se pondrá feliz de escuchar la noticia.

Dafne apareció muy diferente a la chica que conoció en la escuela, tenía sobrepeso, pero lo que más llamó la atención de Massimo no fue su aspecto. Venía molesta, al parecer tenía ya tres hijos y éstos jugaban y corrían por todos lados, mientras ella les gritaba y les decía que dejaran de molestar.

Dafne al primero que vio fue a Massimo, era un hombre espectacular, siempre lo había sido, pero ahora tenía la madurez que le faltaba antes.

Era increíblemente guapo, se parecía a ese actor de cine un

tal Cavill y la mujer que lo acompañaba también era guapísima, se detuvo un momento y se dio cuenta rápidamente de que se trataba de su propia hermana.

Hacía mucho que no veía a Lía, sabía del éxito de sus libros y su fama, siempre había sido inteligente, no le extrañaba que hubiese sobresalido. Lo que nunca se esperó es que, se convirtiera en esa mujer elegante y guapa que tenía frente a ella.

Sin embargo, lo que más llamó su atención fue la devoción con la que Massimo la miraba, también se fijó en el anillo, no podía creer las vueltas que daba la vida.

—Hola, hermana —la saludó Lía, ambas se saludaron como si se hubiesen visto unos días atrás y no hacía años ya.

Lía notó que su hermana miraba con admiración a Massimo, pero él fue cortante y frio con ella.

—Estamos aquí porque Lía quería ver a su madre y de paso queríamos hacerles partícipes de nuestra boda que será en pocas semanas.

Dafne los miraba a ambos con la boca abierta, no podía estar más sorprendida.

El esposo de Dafne salió y se presentó rompiendo de esa manera la brecha que se había creado alrededor de ellos. Dafne después quiso disculparse con Massimo, pero él le quitó importancia.

—No te preocupes, nadie sabe lo que sucedió la última vez que hablamos, no debemos mencionarlo. Por mi parte esta borrado y enterrado, lo único que quiero de aquí en adelante es que Lía sea feliz y de eso me encargaré yo.

Pasaron esa noche en la Toscana, y Lía disfrutó de la compañía de su madre y de sus sobrinos.

Al día siguiente volaron nuevamente a New York, tenía que preparar su gira con la editorial, Massimo decidió acompañarla y luego regresarían para casarse.

También le debían una visita al padre de Massimo, Tony los recibió con tal alegría que todos los comensales del Restaurante comieron gratis ese día por cortesía de la casa. Lía siempre supo del afecto y cariño que Tony guardaba por ella.

Días antes de la boda entre Massimo y Lía, encontraron el cuerpo de Irina en una ciudad pequeña de Inglaterra en la habitación de un hotel, una sobredosis acabó con su vida.

El libro de Lía «El club del Señor V.», se vendió como la espuma y fue traducido a muchos más idiomas, convirtiéndose en una trilogía por su éxito en ventas.

Un año después

Massimo despertó con el cuerpo saciado y satisfecho, había tenido otra maratoniana noche de amor junto a su esposa Lía.

Ella se movió en esos momentos, provocando que la fina sabana que antes la cubría, se deslizara por su cuerpo, dejando expuestos sus hermosos senos.

Massimo tuvo una erección instantánea, a pesar de estar casados desde hacía ya diez meses, nada había cambiado entre ellos, el deseo no había disminuido, hacían el amor a todas horas y en todas partes y se amaban más que nunca.

Ella estiró su cuerpo a propósito, sabía lo que estaba provocando en su marido, empezó a explorar con sus dedos su pecho, besando y lamiendo cada rincón sin dejar de mirarlo.

Lía le sonrió con malicia, su marido la observaba con una amplia sonrisa en su rostro y ella se acercó a su boca para darle un prolongado beso.

—Anda desátame ya, hoy regresan nuestros padres de su luna de miel y quedaron de venir a vernos.

—¡No quiero! Todavía podemos jugar un ratito más —insistió Lía.

Massimo ya estaba jadeando cuando Lía se quitó la bata y quedó completamente desnuda, con una sonrisa acercó sus pechos a la cara de Massimo, el empezó a jugar con sus pezones.

—Me estás torturando mujer, desátame.

—No, todavía no. Dame solo un ratito —susurró Lía, mientras con su boca empezó a descender hasta llegar justo en medio de las piernas de Massimo—. Ahora si mi amado esposo, que tengas muy buenos días.

FIN

# Agradecimientos

A mi amiga de muchas batallas, Jeannette Serrano de Corvera, que me lee desde que era una adolescente y me ha animado siempre a escribir todo tipo de historias.

A mi amiga de infancia, Silvia Adalicia Desir, por los ánimos, el cariño y el tiempo que dedica para leerme y estar conmigo cuando la necesito.

Claudia Rocío Rivera, mi Chiito gracias por darme esa energía que a veces he necesitado y por esa alegría con la que has recibido y leído cada una de mis historias.

Maryam Vásquez Méndez, mil gracias por tu ayuda con este libro. Gracias por la corrección, pero más aún, por la amistad y por la inyección de ánimos que le has puesto a mi proyecto.

Ana Nolasco, mi amiga de viaje y de muchos sueños más.

Pablo Varela Rodríguez, muy agradecida con tu ayuda. Sé que cuento contigo para lo que sea, igualmente de este lado del charco se te quiere.

Diego González y Lucy, los quiero mucho. Mi segunda familia en Argentina.

Conny Di Leo, Mariel y Giuli, comparto más que una amistad, un cariño enorme y sé que Giuli donde estés, estarás contenta y emocionada por mí.

Alejandro Ignacio Ruíz de la Vega, agradezco tu cariño, a pesar de la distancia te guardo siempre en mi corazón, tu coraje y energía me llega hasta aquí.

Wilber Francisco Alabi, aprecio todo el apoyo y la amistad brindada.

Roberto Orantes, mi amigo de colegio, gracias por leer mis escritos y siempre empujarme a ser mejor.

Francisca Cuellar a mi vecina y amiga que vive al lado de mi casa, cosa rara pero encontré una gema donde menos lo pensé.

Gracias a cada uno de mis amigos y lectores, que se tomaran su tiempo para leer este libro, esto está escrito con cariño para cada uno de ustedes.

# Biografía

Avril Faure, es el seudónimo con el que escribe Ivette Ortiz. Originaria de El Salvador, creció en el seno de una familia donde tanto su padre como su madre compartían el gusto por la lectura.

Desde pequeña, comenzo a leer todo tipo de libros que encontraba en casa en especial clásicos. A la edad de quince años ya contaba con muchos poemas e historias cortas, las cuales nunca publicó.

Con el tiempo emigro a California siendo esta hoy en día su residencia permanente.

El género que mas disfruta leer y escribir es la novela romántica y sus variantes asi como la novela negra.

Leer y escribir para ella es una extensión de la felicidad.